虫二姑娘 著

我可能结了个假婚

长江出版社
漫娱文化

《他是龙》 30.00元/册

龙的撩妹撩汉指南，龙与人那些不得不说的故事。
暖萌×鬼畜×热血×虐恋

《白夜灵异事件簿》　风魂 35.00元/册

《漫客小说绘》连载经典作品 / 新增独家番外故事《开张大吉》

《公主泡泡龙》　玄色 22.80元/册

百万级畅销名家玄色校园竞技小说 / 网球王子VS腹黑公主的龙珠奇缘

《百妖谱》　裟椤双树 32.80元/册

讲百种妖怪，述世间沧桑。继《浮生物语》后，裟椤双树再创古风幻想力作。

《恋之四季》系列　Misa 26.80元/册

风靡内地、畅销全台湾 / 青春爱情小说名作 / 蔷薇色校园恋爱物语，四季不同风味的台北爱情故事。

《朱颜》上下　沧月

幻想天后沧月最新力作 / 千万级畅销作品《镜》系列前传

《Bonjour,我亲爱的大熊先生》缪娟 25.00元/册

言情大神缪娟力作 / 爱情难懂，拥抱是最好的翻译。

《宠物萌萌哒》 35.00元/册

超人气大神作者江南、沧月、玄色、烟罗、裟椤双树 / 首次公开分享，我的爱宠不可能那么可爱！

序言

WO KE NENG JIE LE GE JIA HUN

作为一个东北小甜甜，文艺女流氓，我一直有一颗创作的心。

我的老公马先生对此持保留态度，只是很担心我签的合约完不成要赔款。赔肯定是不会赔的，二十好几了还要给人付医药费也是蛮丢人的，只要不当面说我写得烂我就不会动手。

不过也没挣到任何一分钱。懒在床上不肯更新的时候，马先生会嘲讽我说还不如他去写。

怎么说呢，马先生的童年毁在了游戏厅，少年毁在了网吧，中年毁在了《英雄联盟》。

只有在同我斗嘴的时候才能体现出高超的语言天赋。

而我童年毁于《一课一练》，少年毁于《五年高考三年模拟》，后少年时代，毁于他。我们根本谁也不会想到，我有机会出版我的第一本书，是因为他骂我骂得清新脱俗。

认识他的时候，我处于迄今为止的人生最低谷，天真地认为他不远万里登录祖国服务器只是为了陪我打游戏。

脑子是个好东西。

那时候我没有。

也幸好我没有，他有的大概也不多，所以我们愿意相信时间和距离真的不是问题，只要设定好最终的愿景，千山万水累日积时也一定能够走得过去。

六年“抗战”过后，我们成功了。

成功之后才发现，对于两个人的相处来说，结婚是新的一步，是某种程度上的第一步，我们从拥抱的两个个体渐渐融为互相依靠的一个共同体。

这个过程啊，不会非常的顺利也不会非常的容易。

怎么说呢。

感觉我这个婚结得有点假。

第一章

此时此刻的你

WO KE NENG JIE LE GE JIA HUN

1

走出结婚登记处的时候，我问马先生在想什么。

马先生掂量了下手里的两个红本子说好像有点不一样，想了一会儿也没说出什么不一样。

或许是从前分离太久，结束异国恋之后我们两个就一直住在一起，有没有这张证似乎没什么区别。

我们镇定地顺路在银行更改了拖了半年多的预留电话，去地铁站的路上闻着味儿还吃了一盒臭豆腐。

很窄很旧的巷，贴着黑色的牌，方正地写着“安定里”。

店家养着一只黑色的拉布拉多，刚刚产完仔，很亲人，叫它的名字就会过来蹭蹭你。

他拖着我，我始终懒懒地耷拉在他小半步后的位置，拖一步我晃一步。

安定里
AN DING LI

直到刷卡走出地铁站。

马先生眯着眼看了看取款机旁边伸着手的人民警察等身牌。

跳起来击了个掌。

2

我和马先生认识的过程非常曲折而且迷幻。

说曲折是因为我现在都已经记不太清楚到底怎么认识的了，反正就是为了打游戏，网络一线牵，相逢即是缘。

迷幻是因为我加他 QQ 是为了要一个封测游戏的资格，为了我前男友。

对，前男友。我有前男友，马先生有前女友。在还不懂事的早恋时代，我们两个渣得不相上下。

马先生是万事憋在心里的金牛座，想得很多，但从来不说。

在我们还不会因为对方嘴贱而互怼一脸血的时候，我问过他为什么会和感情最好的那个前女友分手。

他非常沧桑地说，她要结婚，我当时还娶不起。

我非常理解地点头，然后问他那现在前女友找你聊天，不回首往事也不展望未来，除了修电脑就是推荐怀孕了用电视打游戏的键盘，你什么心情？

前女友们都有孩子了，而你将近三十岁了还没结婚，你什么心情?

那之后我们就很难再聊关于前女友的话题了。

他为了让我别哔哔，把前女友拉黑了。

我倒是没有拉黑前男友，可是放在那里也不再会寒暄。

初在一起的时候，越喜欢马先生，我越是对自己的感情充满怀疑。曾经我也那么认真那么热烈地爱过另一个人啊，那么信誓旦旦地对他说你不喜欢我也没有关系，我会一直喜欢你的。

他未曾变过，从头到尾不肯喜欢我。

可我怎么变了？是爱情本就不可靠，还是我不可靠呢?若我从来不可靠，隔着千万万里给了我那么多温暖的马先生要怎么办呢?

直到时隔多年再见到那个少年，我们两个站在公交车站，从我的学校到他学校的车十五分钟一趟，可我们站在那里半个小时，一辆车都没有来。

我笑着说大概这个世界上有些人就是不合适。

我俩打游戏一定黑手，考试轮流挂，直到他毕业英语四级谁都没过去。和马先生在一起之后我考什么过什么。

公交车始终都会有，可那个人不对，就会等不来。

年纪还轻的时候会把许多事上升到很严重的高度，其实都没有。爱情没有不可靠，我也没有不可靠，命运没有对谁特别残忍，我们都是很普通的人，只是不合适。

可能经历的事不太完美，会吃一些苦，流一点眼泪，但最终会慢慢变得更好。

只要遇见那个合适的人。

3

说马先生合适是有严密论据的。

因为无法接受自己以后会做个医生，从大一到大三我对自己的专业都充满抵触。

具体体现在我至今保持着我们学校的方剂学考试纪录。

方剂老师是一个非常严肃而方正的人，画了大半本书的重点之后挥着手臂对我们说：这么简单的题，你们上一届居然有人考了八分，我至今也想不通八分是怎么考的呢？

我想得通，我还可以告诉他，大概和我一样，因为失恋潦倒着，猛然发现要考试了才想起来背书，可方剂排在最后一天，终于撑不住睡着了。

但我是没机会讲的，成绩出来我见到方剂老师都会绕着走，毕竟我考了六分，真的不敢见他。

也不敢见他后面教过的师弟师妹们。

在我之后的方剂考试，老师挥着手臂对师弟师妹们说的话大概就会变成：这么简单的题，你们上一届居然有人考了六分！六分，我把答题卡扔在地上踩一脚都踩不出这种成绩！

所以很长时间我是觉得我毕业就会改行，六分肯定是找不到工作的。

直到认识了马先生。

我和马先生现在的日常是互怼，但当年可不是，我们两个还人模狗样的时候，日常是他催我吃饭，他催我睡觉，他催我背书。

他那时没有回国，毕业的时候我睁着眼睛想了半宿，决定考研。

没什么远大的梦想，只是觉得脱离了校园这个相对单纯的环境，我真的很需要安慰而他永远都不在的时候，我们可能就完了。

那是我第一次为自己的人生做出了决定，在接下来考研的日子里后悔得肝都硬化了。

我趴在摞起来快比我都高的书堆里，觉得爱情好像也没那么重要，我只想躺着。

然后就喝了马先生无数的馊鸡汤。我就像一头面前吊着胡萝卜的驴子，一路狂奔过了四级六级考研执业医规培。

成为了一个医生。

在那些同呼吸系统消化系统生殖系统内分泌系统的斗争之中，或者是在每一个病愈出院的患者身上，我终于渐渐喜欢上了我的专业，或者是渐渐也成为了一个患者。

斯德哥尔摩综合征患者。

但总之，我再不抵触我未来的事业，被马先生一路牵着手，同我自己和解。

大概是宇宙间漂浮无定的一颗电子，跨越无数星系，越过漫漫暗物质，骤然碰到了一颗正电子，同归于尽，却又发出光来。那个最初相识认认真真地告诉我，你不珍惜你自己，没有人会喜欢你的男人，在五千四百公里的海的另一边，小心翼翼地把我捧起来保护好。

让我在被爱之余，慢慢地成长为一个独立的值得去喜欢的人。

4

我和马先生经历了大概一千多天的异国恋。

三年里他回来了两次，一次一个月，一次半个月。

我的同学们都猜得到他什么时候回来，因为提前两个月我就会开始减肥。毕竟当年我给他看的照片，是我不再长个子之后最瘦的时候拍的，还磨皮瘦脸戴了美瞳。

我对这件事一直有点愧疚，直到登记前他家里邮寄来了户口本，我随便翻了一下，看到上面写着他的身高，182cm。

我怀疑他量身高的时候偷穿了我婆婆的高跟鞋。

在不要脸这件事上，我们也真的是不分伯仲。

5

异地恋是什么感觉呢？心里满满当当，身边空空荡荡。总有情绪会满溢到爆炸，然后再一点一点地自己捡起收拾干净。

我小心翼翼地让自己过得很好，不再每天躲在宿舍玩电脑，我和许多同学关系变得亲密，一起逛街唱 KTV 撸串儿喝啤酒。

我跟你学会了照顾自己，也有人会帮忙照顾我，你就不用太担心。

6

大概就是因为异地恋的时候说了太多的话。住在一起之后我和马先生不太经常交谈，但诡异地有默契。

比如我们互怼的时候从来不骂对方瞎。因为下一句话一定是，对，我瞎，我不瞎怎么看得上你。

同理，我们非常喜欢夸赞对方的品味。

7

我现在觉得马先生说的可能是真的，他真的瞎。

而现在大概复明了。

相恋快六年，终于持证上岗的马先生，就在领完证之后。

吐了……

8

我的心情真的蜜汁复杂。

就算硬凑到了 9 可能也无法拯救这段改变角色第一天就飞流直下三千尺的婚姻。

9

然而不管怎么样，我和马先生还是结婚了。

我一直以为结婚也不过只是一纸证书，对我们不会有什么改变。我从没怀疑过我们会有这样一天。

可当这天来临，心头还是诸般感慨。

不能辜负的，大概是西湖的三月，断桥的残雪，三十八度的风，此时此刻的你。

大概是年少时曾梦想过的房子里有你，书架边站着你，秋千上坐着你，遛狗的是你，逗猫的是你，牵着漂亮小女孩左手的是我，牵她右手的是你。

或者全没有也没关系。你站在我身边就好了。

就站在离我最近的地方，曾经压抑了的质疑着的痛苦过的，和经历了的等待着的想念过的时光，终于交汇完整。

没有你我。

是我们。

我不曾负你。

你给我的所有温柔，我愿意用漫长的余生去还你。

新加坡到哈尔滨五千四百公里。

哈尔滨到杭州一千两百公里。

两千个相聚又分离的日夜。

终究成全了我们。

谨以白头之约，书向鸿笺，好将红叶之盟，载明鸳谱。

第二章

婚姻的路啊总是崎岖

WO KE NENG JIE LE GE JIA HUN

1

马先生和别人说他娶了个做医生的老婆之后，经常收获很羡慕的目光，认为家里有个医生一定非常方便，不用排队去医院。

怎么说呢？

前面说过马先生在领证的那天吐了。我让他吃药他不吃，拉了三天后的早上哭着发微信说我走了后他又拉了两次。

我当时快要交班，问他发热吗？他说不，我说那没事不是急性肠炎就好，晚上给你买药。

交完班查完房两个小时过去，没抢到电脑写病历的我总觉得忘记了什么事。

查了一遍查房记录本，并没有

2

不过马先生跟我在一起久了，还是非常有健康意识的。

昨晚一脸忧虑地问，老婆，我这两天的粑粑都是黑色的，我怎么了？

我头也没抬用念课文的语气跟他说，黑便有两个原因你知道吗？

他一脸求知欲地问我，啥？

一是便血，消化道出血会出现。

二是奥利奥吃多综合症。

同理，还有红心火龙果吃多综合症

3

马先生是金牛座。

跟他在一起之前我并不相信星座，和他在一起之后，听说原来每一个金牛座的坟上都插着一块名为“爱钱”的墓碑，开始觉得星座也是可以参考的。

对他来说看着卡里的存款数字跳动就是一种享受，当然我不会让他有这个机会。

我一向是能用钱解决的尽量不要费力气，而马先生是能用力气解决的事就不要花钱。

跟他一起逛超市是一件很痛苦的事，在他眼里就没有值得买的东西，每次买吃的就嫌我一样的买太多，但只要我买回来，他就会统统吃光。

不仅是奥利奥。

没结婚的时候有一次发现我买的蛋糕就剩几块，质问他说只吃了一块。

我记性一向不好，可记性再不好的人也记得清自己的零食好吗？然后这人狡辩说今天吃了一块，我说你要脸吗买的时候哔哔哔买回来了给我吃光？结果马先生一脸无辜抑扬顿挫地回我："脸？什么是脸？"

可能就是我脚底下踩的这块砖头

4

星座书上还说金牛座很踏实。

这一点马先生也是符合的。

异地恋很怕的一件事就是信任不够，但我和马先生异地的几年里都不会，主要是我丑他也不帅别人可能也不瞎。

马先生从来不查我的聊天软件，我和其他男性朋友聊天他也不会去看记录。

我一直很是有一些骄傲的，觉得他特别相信我。

直到昨天他拿我手机玩，居然点开了支付宝看了一眼账单。

再踏实的信任原来也是有限度的

5

我靠着马先生的胳膊长叹一口气。

他问我咋了，我说可能是雌激素孕激素浓度下降，心情不好，可能需要……

马先生转过头把正在充电的手机拔下来放在我手里，报出他从来没换过但我永远记不住的支付密码，真诚地看着我说："你不用说了，我知道，别在我面前买。"

……

好，我答应你！

6

我一直抱怨金牛座马先生不浪漫。

其实也不是。

马先生的浪漫很实在。

他爱吃五花肉，我不吃肥肉，我家买肉都是很少的肥肉然后专门瘦肉一块切给我。去吃米线他的碗里有一个鸡柳也夹给我。我想吃他的肉饼，叫他留给我一点，他吃掉面留肉多的地方给我。

我想要的会给我。

他觉得好的，也都会给我。

7

马先生的浪漫真的很实在。

婚后第一个情人节前夕，我想送他一些礼物，拉着他陪我去逛街，一路走过来，我想买什么都说好，给他看的就这个也不要那个也不要。

我实在受不了说明天情人节，我想送你点东西。

马先生的眼神看起来有点感动，拉着我的手说：“哦，那你把这月房贷还了吧。”

……

情人节还了房贷的我，越想越生气。

金牛座没错，错的是我，我为什么要结这个假婚

8

我是属于自控力非常差的那种类型，生气了自己乱想然后自顾自的气炸是常有的事。

我带马先生回过家之后，每次我父母和他聊天都会嘱咐，有事一定要好好和我商量，不要吵架，我年纪小，让他照顾点我之类的。

马先生有一次实在忍不住了，跟我说我觉得叔叔阿姨对你认知有问题。

我：？？？？

他说这些话应该跟你讲，好好商量不要吵架。

……

没想到结婚之后我爸妈再和马先生打电话画风突变成了，她脾气不好，还不让人说，你多担待；她太懒了，你也让她做点事。然后跟我说，你不能因为别人脾气好就欺负人家。

……

撒了这么多年谎真是辛苦他们了。

我身边所有人都觉得马先生脾气特别好，但其实我这样和他家里人说的时候，他弟弟冲我露出了迷之微笑。

我想大概我们每个人对身边人的认知都是有偏差的。

我的脾气没有那么坏，他的脾气也没有那么好。我爱他所以不忌惮被他知道我最坏的样子，他爱我然后给了我他最好的样子。

算了，金牛座就金牛座吧

9

我家在东北，马先生家在山东，我俩携手奔向了包邮区，所以彼此和对方的家人交流都算不上多。他家里跟我最熟的就是小他两岁的他亲弟小马先生，冲我露出迷之微笑的那位。

小马先生和他哥还是蛮像的，长得有点像不说，对陌生人都是一副不太爱说话的样子，不过马先生斯文败类，熟人面前还是活泼的，小马先生就是懒得说话，跟熟不熟没关系。

有一次我在微博看到一只巨可爱的猫找领养，不过只找本地的。实在太可爱了，我就把主意打到了恰好也在那个地方的小马先生头上。

这货从小就跟他哥为了家里的猫争风吃醋，我和马先生住一起之后养了一只猫，他觊觎了很久，我一说他就同意了，因为过年回了老家所以不能马上取猫，我一边和博主讲一边给他发微信。

我 balabalabala。

他总共给了我五个嗯一个哦。

？？？？？

长嫂如母啊！还能更冷淡一点吗？

我和他哥讲，他哥说还是能的。有一阵子马先生跟我聊天学会了很多语气词，跟他聊天也用了，然后他特别严肃地对马先生讲。

你好好说话。

怪不得比他哥高比他哥瘦比他哥会做饭比他哥赚得多，还是成了十里八乡最后一个大龄剩男

去年是最后两个

10

我把小马先生写在了微博上，引起了很大的反响。马先生有点不平衡，我写了他那么久也没人说要做他家的猫，小马先生只出场了这么一次，就有人问他还缺猫吗，念过大学的那一种。

我没有安慰他。

是时候让他知道岁月对老男人的无情了。

不过最后猫还是被别人领养了。

第二天一早我很低落地告诉了小马先生。

小马先生："哦。"

根据这个字完全看不出这人心情的我狗腿地说："不过没关系，你择偶标准是啥？"

没要求。

……

我说你这样我没办法和微博的妹子们交待，截图了一些回复给他。这人看完之后依旧完全看不出心情地说："你微博？我也关注下。"

我："不行，那你不是知道我天天骂你哥了？"

"知道也没事。"

"万一有一天我也偷偷骂你呢？"

过了一会儿，这人发过来我昨天的微博截图："长篇大论的，辛苦了。"

看着上面十里八乡最后一个剩男这句话……

#真的，这是你哥说的，不是我#

11

小马先生说他不是十里八乡最后一个剩男，比他哥还大的光棍有的是。

我觉得他对十里八乡这个距离有点较真。

12

有人说就喜欢小马先生的高冷，但我觉得小马先生不是高冷，他就是幼稚。

很孩子气的那种认真。

当然我不会跟他这么夸他的，我说他是和他哥一脉相承的无耻，这句话至少有一半是真的，他哥是真无耻。

而我这么抨击他的时候，他认认真真地说，我本来也不高冷就是说话太烦，还不如静静做个美男子，打打游戏看看书。

他的话也只有一半是真的，打打游戏看看书。至于美男子，我说你拍拍良心好吗怎么说得出口？

然后他告诉我，人要怀着热切的心。

毕竟冷了就死了。

是啊，热切的梦想是得有，万一梦到了呢！

一本正经说冷笑话的高个子男人也算高冷吧

13

小马先生和马先生两兄弟经常不远万里相约打游戏。

平时我上班的话是不允许他打到太晚的，所以周五和周六晚上是他最珍惜的时光，两人拉着堂弟打游戏到半夜，睡觉的时候马先生跟我讲，平时我都定两个闹钟，因为你在家我得定五个。

我心说我又没拉着你不让起，关我 p 事。

没想到早上他的闹钟响到第三个我就醒了，一脚把他踹了起来。

我终于明白为啥我在家他要定五个。

× 他大爷的。

14

我和马先生在闹铃这件事上早有芥蒂。

还没结婚的时候，有一次早上我闹钟响了，我无意识地关了闹钟，他伸胳膊把我带怀里，我又迷糊着了差点睡过头，回家我就埋怨他来着。

然后从第二天早上开始，闹钟一响他就用屁股对着我，和他的猫脸贴脸继续睡……

给我背个锅能压死你？

对，他不搂我我还是会差点睡过头

15

冬天起不来床这件事真的不能怪我不能怪他也不能怪闹铃，寒冷实在是太考验意志力这种我从来都没有的东西了。

以前我不太懂为什么诗词里会有“从此君王不早朝”的句子，爱妃再美也不能贪多啊，现在我想明白了，大概是唐朝没有暖气吧。

朕拥有一个国家，却不能在冬天的早上选择不起床

16

马先生回家，看见我整个人缩在被子里，就露俩眼睛，问我干啥呢？

我嫌冷，话也不愿意多说，就说修仙。

这人特别震惊地看了我一会儿，然后说，希望你早日修到我的境界。

……

你 tm 是化神境不要脸老祖，再过多少个冬天我也撵不上

17

真的不是我懒。

北方的冷是物理攻击，南方的冷是魔法攻击。

魔法攻击有多可怕呢？

我是东北人，是见过零下三十度和鹅毛大雪这种大世面的人。

在包邮区冻到哀号。

马先生，一个猫一直尿被子都没抱怨过，每天勤勤恳恳给我做饭也没抱怨过的人，因为我早上起床掀开被子总不盖回去跟我发脾气说我不在乎他，委屈得眼眶都红了。

18

掀被子这件事我真的不是故意的。

我们住的地方离他单位比较近，坐公交十几分钟，离我单位有点远，地铁倒班车的话一个半小时。

我八点上班，他八点半。

所以。

唉，这么 解释我更像故意的了。

19

后来我每天掀起来被子之后都会记得给他掖好了。

马先生是睡眠很浅的人，偶尔睡得熟，大多会睁眼看我一下又沉沉睡去，猫有时候在他枕边，有时候在床尾，偶尔在他的被子里，还有时候在桌子上已经醒了，歪着头看我。

晨光熹微。

洗漱的时候，猫会跟着我喵喵地叫，想我摸着它吃东西。

我往往是没有时间的，拎起包的时候会回头看看床上的马先生。

拼命抑制住想拎起锤子把他三百六十度砸成片的冲动。

为何我的眼中常含泪水？因为我真的睡不醒

20

早起看到的风景和整个城市都醒过来的时候是不一样的。

冬日的天光会昏暗一些，太阳和月亮都沉沉地坠在天幕的边际。

早起锻炼的人、遛狗的人、和我一样步履匆匆赶去上班的人、满面倦容归来的人。

就像是枝叶的初绽、书中的序言、画卷初展的一瞥，曲子将将起了韵。

还未唱和，却也窥得见味道。

第三章

不怕流氓会长大 就怕流氓有文化

WO KE NENG JIE LE GE JIA HUN

1

有一次早上下楼看到一个女孩子，烂醉被几个朋友送回家。我没有多看她，觉得不太礼貌，只在末尾听到几声呜咽。

大概是即便醉也本能地撑住了，不许自己哭出声音来。

喝醉这件事，我是十分有经验的。

从前有段时间经常喝酒，逢喝必醉，毕竟不醉喝什么喝。倒是不用人送我，我的本能是不声不响喝多，谁叫我也不跟着走，宿舍十点半关门，我醉倒到十点一定会弹起来，打车回去。

但这不代表我的酒品好。

怎么说呢……一般情况是好的，死穴是不能和好朋友打电话。

只要听到熟悉的声音我就会特别委屈开始很小声地哭，

陪我喝酒以及经常和我通电话的朋友受了次惊吓就习惯了，还能哭说明喝得不算多，我说什么就应，哭完了酒也醒了。

直到后来认识了马先生。

有一次去喝酒忘和他讲，他等我打游戏没等到就给我打电话，我酒也喝得差不多了惯例开哭，呜呜呜地说他们都不要我了你不能不要我。

妈的，他答应了。

所以女孩子一定不要单独和人喝酒，喝完也别随便打电话

2

那一两年的我特别消沉。

起初是因为失恋，我和前男友是初中同学，高中毕业他失了恋我趁虚而入。

要不怎么说做人要厚道呢，我对他的上一段恋爱不屑一顾，觉得我有大把的好时光同他分享，过去的总会过去，我就大胆地向前冲了。

然后他让我尝尽了少年人失恋的滋味。

少年人失恋的特点，就是不需要考虑吃饭也不需要考虑上班，全世界都被自己的情绪充满。

有大把的时间可以宿醉，可以疯狂，可以歌唱。

人生不过一场大梦，睡着的人爱咋咋地。

我失恋了你们都得惯着我。

3

我没崩溃我室友先崩溃了。

我一天睡两小时吃一顿饭，考试也不复习，半夜她们起来上厕所看到一张青白色的脸被电脑屏幕的光映着。啥都憋回去了。

后来我关系最好的室友朱小豆实在忍不了了，她说虫啊，你知道吗，咱们学校挂三科是要降级的。

那时候我毕竟年轻，爱情都没有了，学业算什么？但转念一想我爸的砖头……

算了，爱情也不是最重要的，命和腿才重要。

4

我后来才知道，那一年的考试是医学生的地狱之年，每一门都不好过，我最后挂了两科。对，就是考方剂那一年，一科六分一科五十四。

早知道方剂就交白卷了。

5

但我还是成功过了四科的，说明睡两个小时吃一顿饭有助于学习。

6

考完暑假回家我的状态已经很不好。

我和父母关系一直不亲近，并不是因为他们怎样，只是我妈比较粗心直爽，我爸在我童年时不常在家，我在这种环境长大，也不是个细心的人。

同马先生住一起之后，我要求养猫，马先生拗不过我同意了，抱回来之后，铲屎放粮换水都是他做。

猫自然亲他。

有时候我会嫌弃他们太亲近，马先生就把猫很爱吃的维生素片拿给我叫我喂。我下意识接过来就随手扔在了桌子上。

他无语地看我，我知道自己做了什么后愣了好一会儿。

是真的没反应过来，脑子里不存在照顾别人或者照顾动物的概念，所以此时此刻想起当年和我妈妈的争执，不再会怨恨她对我的关注不够。她不是不爱我，她只是粗心，想不到那么多，对她自己也是一样。

所以遇到马先生后我时常会想，我到底为什么会有那么好的运气遇到这样一个人，从来不会怪我对他不够好，他知道我只能做到这样。

可能不多，但已经是全部了。

7

26 岁想得明白的道理，20 岁的我是想不通的。

不知道世界残忍的时候就会怨恨亲近的人薄待自己，后来我所感激父母为我付出的，在当时都是我极为不忿的理由。

当时的我汲汲营营去寻找儿时未曾有人给过我的温情，不知道他人的赠予一定会伴随代价。

向前男友索而未得，回到家里父母也并没对失恋颓废的我更加关注，我妈对我一直有着盲目的信心，觉得少年时就已经独自离家求学的我不可能会被这点小事打倒，我们爆发了激烈的争吵。我爸那时仍不在家，电话里听到了我对妈妈的态度勃然大怒。

他明白我为何不亲近他们，可不能接受。我爸算是思想开明的家长，但极重情义，我奶奶曾经在我小学的时候将我们一家撵出老房，如今还是靠我爸照顾。所以在我爸的想法中，世界上是没有不是的父母的。

我拉紧的神经终于崩断。

找到了家里所有的药吞了下去。

8

我当然没有死成。

长时间不规律的饮食破坏了我的胃肠功能，吃下去的药起效非常慢，那半个晚上我唯一的症状就是精神异常兴奋，拿着还不智能的手机开心地和朋友聊天。

朋友发觉我情绪不太对劲，旁敲侧击问出我干了什么，整个人吓得魂都丢了，哄着我去厕所吐掉没消化的东西，第二天一早我开始迷糊，他电话打过来，叫我喊我妈带我去了医院。

我爸不在家，我大爷背着比两袋大米还沉的我下楼，颠得我又吐出了一大口。

到医院已经看不出什么异常。

所以后来我再也没能成功减下肥，毕竟是救过命的体重了，要怀有一颗感恩的心。

9

我爸赶回来挨了他哥哥们几顿痛骂，我觉得解气就再也没有提，他们也没有提。

我没说自己干了什么，就没有洗胃，药物的影响还在。

作为一个医学生，那之后我对这件事讳莫如深，因为我根本想不起来到底是什么药起的作用，让我比一个精神病患者还亢奋。我妈带我看了神经科精神科心理医生，医生开了点不知道什么鬼的镇静药物，告诉我爸给我吃四分之三片，我爸对四分之三的理解可能和医生不太一样。

那之后我经常会想起镇静不足量的恐惧。

好好学习多重要。

10

我爸看过了我镇静剂不足量的状态说，回家吧，她疯了我养她。

我精神恍惚地坐在我爸朋友的副驾驶座上，看着倒车镜，就笑。

我不是笑我爸说要养我，事实上因为我学医学专业，我爸妈养了我 27 年，我是看到倒车镜里我的舌苔黄，舌质红，就哈哈哈哈地说我这是教科书式的里实证。

我爸的朋友人很好，说我带你们去看中医吧，我女儿小时候生病都是石大夫看好的。

那是我第一次见到师父。

她是我见过的最好的医生。

11

师父看过我之后问我爸，你家就这一个孩子？

我看到我爸一瞬间脸都白了，仿佛方才说她疯了我养她那句话的不是他。

我妈点了点头，师父也点了点头，说就一个孩子你们还不好好养，不想要给我啊。

我听到我爸长出一口气。

然后我们拎着一兜中药回家了。

12

我一直对我的专业没什么兴趣的原因是我觉得中医没什么用。中医理论中夹杂了非常多的古代哲学内容，但我真的没办法在人体内想象出一个轮回。

直到师父三服药喝得我拉了两天，肚子拉空了脑子好像也空了，我被一双手从精神崩溃的边缘拉了回来。

我服了。

不是中医不行，是我不行。

13

虽然精神状况变好，但我的身体还是被我自己拖垮了，口腔里都是溃疡，什么都吃不下，喝水也痛。

我妈买了药水哄我含着，一米五的我瞬间拔地而起满屋乱窜。

在那之前我基本都是躺在床上的状态，哪儿也不想去，喝水也要我爸拿过来。

于是我妈觉得那个药太有用了，让我一天含三次。

生活基本自理了。

14

每天三含漱口水，配合着师父的针灸和大药丸，我好得还是蛮快的。

我觉得我又是一条好汉的时候收到了前男友的信息，在我们约好冷静一下的一个月之后。

特别有他风格的一个字，额……

在这里我必须说一下我前男友是一个什么样的人。

好人。

烂好人。

八棍子打不出一个屁的烂好人。

我跟他商量过好几次，我说你就告诉我你不喜欢我，大家一拍两散，分了也是好朋友。他又觉得不忍心，他觉得他能凑合我，我的脾气太坏，除了他之外，我另外相处过的男孩子，真的很难忍得了我。

他又想帮我，又做不到，又想逃离，又狠不下心。

失败了两次之后我俩觉得还是算了吧，八字很合星座很合也抵不住性格不合。

何况可能八字星座也不合。

15

我前男友人有多好呢。

分手之后有段时间我下定决心要早起，而支撑我早起的，就是打电话把他也喊起来。

直到许多年以后，我同马先生在一起，他也终于有了女朋友，有一次我和他宿舍的二哥坐在一起喝酒，说起当年发生的那些事，二哥说虫你不要怪老六，他对你也是真的好，那时候你每天打电话喊他起来，我们全寝都睡不了觉。睡不了觉我们就揍老六，一直到你不早起了他也没答应我们把手机调成静音，怕你不高兴。

他从来没有告诉过我。

这货不喜欢我还对我这么好，可怕不可怕。

16

同马先生一起以后，我又见过他一面。

那之前我已经很久很久没有见过他，我们在一个城市，有直通的公交车。我没勇气去见他，他也从来没有来过。

我知道再也不见他对我的马先生才公平，又觉得似乎必须见过他一面，对我们三个人才公平。

我没敢告诉马先生，奈何记性不好说漏了嘴。马先生没有责怪我，我说你不生气吗，他说我生气又有什么用呢。

我讲了马先生的话给前男友，他沉默良久，说你总算遇到了一个好人。

自此女嫁男婚，我们再无相干。

没有做朋友。

17

大概十四年前，我因为许多原因被臆想症困扰，自己虽然不了解，却也明白要换一个环境，对新的班级没什么更多的期待，但也想不到第一天刚进门就看到一个穿着红衣服的少年，头上围着桌布，蹲在桌子上，扯着公鸭嗓子喊，我是兔子。

我喜欢毛茸茸的动物，喜欢猫喜欢狗也喜欢兔子。

然后喜欢上了他。

那一年我们都跟着陈奕迅唱一首歌，成千上万个门口，总有一个人要先走。

也是十年以后，才知道那些眼泪，不是为你而流，也为别人而流。

18

这一段经历教会我许多，我知道了我没有自己以为的那么重要，也没自己以为的那样无助，我总是眺望着远方，仿佛自己一无所有。不知道心是荒漠的人，就不配得到好的东西，走到多远都还是孤独。

而这段经历教给前男友的，大概是不要同感情丰富的女孩子分手。

情窦初开的年纪，女孩子的青春和眼泪都是伴有巨大代价的，经年以后她过得多好，需要抒情了还是会把你从回忆里拽出来鞭尸。

不怕流氓会长大，就怕流氓有文化

第四章

重新恋爱 好好做人

WO KE NENG JIE LE GE JIA HUN

1

我这半生运气经常不好，大概所有的幸运值三七分到了两个时间点，第一个是在我最需要爱与被爱的时候遇见了一个好人，剩下的都用来遇见马先生。

2

马先生是完全知道我要死要活的过去的。

并且对此非常不屑，说你自己对自己都不好，别人为什么要对你好啊。

我心说你有能耐灌鸡汤，你有能耐拯救失足少女啊。

对马先生的献身精神，我现在心服口服。

3

写到这里我拿给编辑看了下。

我对自己的写作能力一向不太自信，打从编辑找我说想把我和马先生的日常编辑出版，我就充满了他们会赔钱的忧虑。

所以我不确定别人会不会喜欢我那么丧的过去。

编辑看完了说你这个蛮耐人寻味啊，是想表达人还是要找到那个 Mr. Right 对不对？

我：“并不是，只是告诉大家，脑子不好也是可以治的，别绝望。”

重新恋爱，好好做人

4

和马先生在一起后，虽然不信神佛，但我常会想起一句圣经里的话。

And I saw a new heaven and a new earth:for the first heaven and the first earth were passed away; and there was no more sea.（我又看见一个新天新地，因为先前的天地已经过去了，海也不再有了。）

我是非常容易被身边人身边事影响的类型，感情丰沛，性格脆弱。

而马先生性格比较稳定，不管他心里在想什么，脸上是看不大出来的。

所以刚认识的时候，我把他误会成了一个非常温柔的人。

那已经是我要死要活一年之后了，期间也认识过几个男生，但没办法投入，只觉得再也不会有人像前男友那样待我了。

也是很久之后我才愿意接受，如果一个人无论你做什么都迁就你，不是太爱，就是完全不爱。

在我还不懂的时候，我们也做过所谓的“朋友”，他是一直照顾我感受的朋友，我是费尽心思想让他高兴的朋友，甚至我加马先生联系方式的初衷，只是想给他要一个游戏激活码。

前男友玩了一次觉得没有意思，并不知道我拿到这个东西要几经周折，于是我自己开始玩，其余的朋友都已经级数蛮高，只有马先生因为网络不好，和我一样穿着新手装，带我打低级副本。

我们只能打低级副本，我是战士，他是法师，我的校园网怪一多就要掉线，然后我卡掉，他死出来，我再死出来。

于是我们永远也追不上别人的进度。

就一直只有我们两个。

那两年我都习惯熬夜，晚上越熬白天睡得越久，睡得久反而精神很差，马先生在新加坡，和我半点没有时差，他白天要上班所以熬不住，于是只要他困了，就要催我一起睡。

我当时在看《新三国》，白天睡觉上课晚上打游戏，只有半夜有时间看，看得如痴如醉如火如荼。

直到马先生知道我不睡觉是在干什么，非常镇定地说别看了，我给你讲。

就是三个老爷们没事打着玩，一个霸气，一个爱哭，一个没有雄心，最后爱哭的得了好帮手，就霸气的那个没当皇帝，他儿子当了皇帝，其他两个都当了皇帝，最后三个人都死了，另外一个人把他们三家统一了，完了。

我气炸。

那之后再也没能看完《新三国》。

这么多年后再提起来还是想问候他大爷

5

大概是世事有轮回。

现在是我要起早上班，所以晚上就会催马先生早睡。马先生非常不开心，毕竟年轻的我需要八小时睡眠，老年人作息的他六小时就够了。

所以我总因为我想睡的时候他还没睡而生气。

我倒不是因为有光有声音睡不着，而是我胆子小，要窝在他怀里睡才安心，没有他的时候我都是抱着毛绒玩具，但他嫌我的毛绒玩具太占地方，冬天撑起了被子还灌冷风，就不让我搂。

我只能搂他。

为了攒假期回家办婚礼，我申请了过年值班，他放假没事做晚上就打游戏看直播，我睡得不怎么安稳，他准备睡觉的时候吵醒了我。

我生气了埋怨他，他就有点委屈。

为了表达我的气愤，我转过身背对着他。

但由于天太冷了，没有马先生取暖我冻得睡不着。睡不着我就焦虑，一焦虑我就想去厕所，去了厕所回来更冷，冷了我就更睡不着。

循环了两次一看都十二点多了我就气炸了，把棉睡衣也盖上汤婆子抱怀里终于睡着了。

早上醒了觉得简直要飘起来。

于是我坐起身任由闹钟响了很久，直到马先生像我昨晚一样气得蹦起来去了个厕所，回来拿屁股对着我继续睡。

我就把被子使劲掀起来。

洗漱好上班去了。

我妈和我婆婆都说了，吵架不能隔太久，所以有仇一定要当场就报

6

那一次我真的很生气。

觉得我辛苦地每天花一个半小时去上班，医院工作那么

累，过年回不了家，为什么还不让我好好睡一觉。于是下午的时候有个之前把我写进小说里，还把我写骨折了的朋友，为了弥补我，决定在新小说里把我写成拥有二十套房子的包租婆。

问我还有没有其他要求。

我仔细地想了想，要求她给我丧了个偶。

不要得罪有作家朋友的女人

7

我这次生气没能持续太久。

下午的时候马先生发微信给我，说昨天我俩一起买的冬笋，被他一层一层扒没了。

怎么办?

事态紧急顾不上生气了，两个北方人认认真真地讨论了半天冬笋扒到几层能吃。

而我也终于明白，不会做饭的人是没资格和人冷战的。

毕竟要回答诸如吃啥，咸么，放辣椒么，还吃不吃等等非常有营养的问题。

民以食为天

8

我一直就不怎么会做家务，十二岁离家念书开始到和马先生住一起，中间的十几年一直在住宿舍。

家务就会洗衣服。

第一次认认真真地做饭，是马先生回国后，我还在念书，他义无反顾地为了我去哈尔滨工作，没两个月赶上他的生日，异地多年第一次在这一天能够在他身边，我非常用心地问了很多男生朋友送什么，那群不靠谱的货说亲手做的饭。

我说我从来没做过。他们说所以才最有心意啊！

老子真是信了他们的邪。

我特意给关系非常好的老师——我的硕导，请了半天假准备材料。

经过非常严密的勘查和准备，最终买了一大瓶现成的捞汁准备做凉拌菜，一袋鸡柳可以油炸，还打算做一份红烧鸡翅，一份番茄牛肉汤，最后是咖喱土豆长寿面。

毕竟东北人，全是硬菜。

四点的时候我还在洋洋得意，觉得做早了会凉。我老师打电话问我咋样了？我说没开始呐！我老师沉默了一会儿说：“你要做不完了赶紧的吧。”

我老师真的给了我许多实用而丰富的人生建议。

最后马先生到家的时候我只拌好了凉菜，手忙脚乱地在炸鸡柳。厨房里弥漫的都是烟，马先生难得一脸慌张，进来看到我在干什么，神色难以描述。

然后委婉地劝我就这样好了，但初涉厨艺的我完全沉浸在了我可能是个料理天才的错觉中，第一次做这么多东西居然都勉强能看！

八点的时候忙了一下午的马先生实在饿得不行，阻止了还要接着煮番茄牛肉的我。

我很不高兴，菜谱上说多久就要煮多久少一秒都不算成功。

但这顿饭怎么说呢。

鸡柳成功了一半吧，外焦里不熟。

鸡翅还可以，红烧的东西也很难失败。

番茄牛肉……马先生在汤里夹出两大段桂皮的时候表情非常精彩。

面条还好，有点干。

凉菜很成功，不枉我还煮了肉丝拌进去，后来又买了好几次捞汁。

最不满意的是马先生根本没有像电视上那样，无论妻子做出什么黑暗料理都装作吃得很开心的样子，而是满脸的你对不起这些食材快给它们下跪道歉。

虽然他最后还是吃光了，没吃光的第二天带去了单位。

我还是非常生气。就算我也知道很难吃。

后来我偶尔也做，但我必须按菜谱做，菜谱要啥必须用啥不然我就停摆了，饭没做几次厨房被我摆满了瓶瓶罐罐，毕业收拾东西的时候，拿了一大堆月饼模具电动打蛋器黄油奶油调料瓶子给我老师，我老师带了我三年，对我从来没有不满意，看了那些东西之后长叹一口气。

败家孩子，你终于不再祸害咱实验室了。

但其实我没有放弃，我觉得天才之路总是孤独而不被人理解的，直到有一次请朋友吃饭的时候烧着了锅。

很遗憾，在品尝我的厨艺和保住房子之间，他选择了房子

9

两个人住在一起之后，家务真的是一个大问题。

在我家尤其大。

因为我真的是不怎么好形容的懒。

还在哈尔滨的时候，家务我们还是一起做的，我扫地他拖地，他做饭我洗碗之类的。到了杭州开始上班之后，每天上班一个半小时下班一个半小时，我基本就瘫了。

马先生默默地洗了几个月碗，终于受不了了。提出猜拳决定谁洗碗。

考虑到和他猜拳我从来没赢过，所以我坚决拒绝了他的不合理请求。马先生非常不开心，抬脚作势要踹我。

嘿，我的暴脾气。

惯的臭毛病。

我迅速抱住了他的腿，老公我累了我不想洗。

洗碗当前，脸算啥？

10

幸亏我俩早上中午都不在家里吃饭不用洗碗。

不然一天跪三次抱人大腿，自尊受得了可能膝盖受不了。

11

我的懒肯定不是只体现在洗碗这方面的。

我的懒体现在方方面面。

包邮区的冬天，洗头发是比起床还要痛苦的事，周末我赖在床上，让马先生帮我把热水器打开。已经洗完衣服，趁着煮馄饨烧水的工夫在扫地的马先生说扫完地行吗，我无可无不可地说行吧。

他挺直背看着我说，简直不像话，以后跟我说话用敬语。

我说哦，老公，帮我把热水器请开。

12

工作日的话就要晚上洗了，我头发比较厚，吹干很辛苦，所以一直是马先生吹的。

除了特别梅超风也没啥缺点。

再就是我玩儿手机不自觉低头的时候他会抓着头发把我薅起来。但谁让我懒呢，懒人不需要什么尊严。所以薅就薅吧这点事影响不了我们摇摇欲坠的感情。

没想到今天马先生吹完站了一会儿，拍拍我的头，笑眯眯地说：“真大。”

仿佛是农民辛苦了一整个春夏，终于种出了一个最大的西瓜。

我承认我胖了，但我不承认我胖到头都肿了

13

就算遭到了这样的羞辱，我依旧做不到自己吹头发。

南方的冬天，洗头发是比起床更痛苦的一件事，值得我做一整天的心理准备，于是我洗头发的频率大大减少，自然吹头发也少了。

马先生还是很满意的，只是不再随手摸我头了。

有一天我早上穿衣服的时候，不小心扭到胳膊抬不起来了，准确地来说是斜方肌拉伤后手臂外展受限。

衣服穿好我犹豫了一会，还是决定去上班，直到发现听诊器也举不起来，我就号哭着拿了一天过年上班攒下的假期去挂骨科了。

马先生知道这件事之后沉默了一会儿开始安慰我，可我还是从他的声音中听出了类似于“这种憨货怎么是我媳妇”的失落。

胳膊抬不起这种事我不是第一次了，也不是第二次。

第一次是因为洗头发，下午还要去练习太极拳，中午我室友带着我去了急诊，打电话给辅导员请假，身经百战的辅导员应该是第一次听到这种开天辟地的请假理由，憋了半天说出一句，洗头发把胳膊洗坏了，那头没事吧？

第二次是我和马先生谈恋爱的时候，还是因为洗头发，他花了好几百带我去推拿拔罐。

有了上次的经验，这次他回家的时候我还在被子里，本来只是外展受限，看见他的那一刻我觉得自己全身瘫痪不能自理。

这货低头看看我，笑得牙龈都露出来了，说你可真行，想不到二十好几的人了，我还得教你穿衣服……

过了两天胳膊好了一点，但洗不了头发。

马先生说下楼洗，我说 20 块钱呢，20 块钱能给你家猫买个罐头了。

他说别做梦了我不会给你洗的。

我让他给我 20 块钱，他拎着汤圆蹭蹭往前走。

我说 20 块钱，你给我洗，你选一个吧。

然后这货看着我说："我选择 go die。"

怎么说呢，别说外展受限，但凡还有一口气在，我就能挣扎起来打死他

14

最后是我付钱马先生给我洗，熟客五折，10 块。

15

准备睡觉的时候，我叫马先生往上拽一下被子，他说你能干啥？我说我胳膊没好不然我用你？

他说是啊衣服都不会穿，你说你能干啥？我被怼得哑口无言，然后这人要去厕所，搁我边上过戳了一下我肚子，啧啧，救生圈。

我说笑屁啊别得罪我，万一有天你掉井里了，谁救你？你说说谁救你？

他说反正不是你，井口你进不去啊！

不不不我错了，就算没气了，我从坟墓里也能挣扎起来打死他

16

每次我在单位里说起家里一切家务基本都是马先生在做的时候，姐姐们都非常羡慕。问我是怎么培养出这样的老公，这个时候我就会很认真地告诉她们，只要你够懒，总会有人先熬不住。

姐姐们恍然大悟，知道了姐夫们是如何培养自己的。

那熬不住你们就不能怪我了

17

我是非常能熬过马先生的，就是那种老人说的眼里没活的人。

来到南方之后我们两个很不习惯这里潮湿的天气，鞋子也不习惯，上面不小心盖块泡沫就长毛了。

马先生一边擦一边骂我，自己的鞋也不知道擦好收起来。我不耐烦地说不干别哔哔。马先生放下我的鞋子抬头问我："那你希望我给你擦还是不擦？"

我毫不犹豫地点头，他瞟我一眼："那我能不能哔哔？"

来来来您喝口水再骂，别累到

18

马先生是单休，而我是双休，所以周六我需要自己弄吃的，做饭我是肯定懒得做的。周五晚上关灯进了被子，马先生突然想起来问我："你明天吃啥？"

我："天呐，老公，帮我把螺蛳粉泡上呗！"

……

我要怎么阻止他一直咒骂自己？

我老公是不是疯了？

19

我的懒在谈恋爱的时候马先生就有深刻体会。

有一次我看电视学了一句“别惹我啊，我打断我的腿给你看啊”，说给马先生听，马先生冷漠脸：“不要。”

话是对的，但那个表情我非常不满意，难道不应该哭泣着心痛着恳求着保证绝对不会惹我吗？

我提出了我的疑问，马先生也继续冷漠着一张脸给了我回答：“本来就够懒的了。”

也是不知道我们为什么要结婚啊

20

我爸经常会提醒我不要太过分。

婚姻是需要两个人用心去维系的，太不平衡了就是在消耗曾经的感情。生命都是被时间逐渐消耗着的，何况爱情呢？

这个道理我现在是懂的，所以虽然经常撒娇耍赖不肯做事，但也知道马先生做得辛苦。会给他捶肩揉腿作报酬，呐喊做家务的老公真是最帅，做饭的老公真是最帅，洗马桶的老公各种帅。

马先生不同我计较，他知道我是刚上班受不了辛苦。

但我不是一开始就懂的。

有一天我刷微博，看到一个博主问，有没有什么恋爱里最甜的，哪怕分手还是觉得甜炸了的事。

我倒没想出哪件事特别甜，不过有一件印象特别深刻的，就算有一天不在一起，应该也还会一直记得。

最开始住在一起的时候我还在上学，比上班要轻松很多，所以一起做家务，我住宿舍习惯了，根本耐不住擦地板洗厨房，经常要耍赖。

有一次从超市回来，不记得因为什么事了，我就很不开心。

我说我在家都从来不做家务的，也不做饭，我爸妈都不舍得让我做的，跟你在一起还要做家务 balabala……

马先生一开始只是听我说，后来上家门口天桥楼梯的时候，看了我一眼，接过我手里的东西，淡淡地说了一句，我在家里也不做。

不知道为什么，他当时的表情我至今都记得，有点委屈有点失望，现在想起来我还是会很想哭。

恋爱六年，我们每天都会对对方说我爱你，因为说得多了，反而让我觉得理所当然，他有时候会开玩笑地和我讲，他爱我一定比我爱他多很多，我每次都嗤之以鼻。

爱情怎么是能够量化的东西呢？

你可以为我去死吗？我也可以啊。

但那天我知道，这个人真的很爱我。他每日为我做饭打扫不是因为他喜欢也不是因为他比我做得更好，只是他知道我不喜欢。

爱情虽然不能量化，但当它发生然后被具象在某一个人身上的时候，是会有区别的。而我天性之中便比他自私，所以我的爱始终带着狭隘，有过太多渴望却不知道自己究竟要什么，自己都没办法喜欢那样的自己，甚至想过一了百了的我，居然也会被人珍之重之地带回了家。

他给了太多，而我只有余生。

第五章

我可能养了只假猫

WO KE NENG JIE LE GE JIA HUN

1

马先生决定来哈尔滨陪我念书的时候，我觉得特别对不起他，东北的经济形势不好，他来了也不好找工作，我爸妈本来在担心我们两个网恋又是异地恋会不会以后发现性格不合，知道马先生这么义无反顾的，开始担心万一处不来分了手，都没脸和马先生父母讲话。

我也有点担心的，因为对自己的性格和脾气有着非常深刻的了解，所以很认真地忧虑过他会不会被我气跑。

思来想去，我做了一个非常重要的决定。

我要养一只猫。

不高兴的时候我就看猫，猫那么可爱我一定能够忍住找茬吵架的欲望。

只要我忍住就够了，马先生是从来不会找茬的。

最主要的是，猫实在太可爱了，我终于有条件（有人帮忙）养了。

2

我那段时间不太忙就会去救助站做义工。

流浪动物在冬日里经常会零下二十几三十几度的东北生存得要比其他地方更艰难些。

冷是一方面，没人喂的话也很难找到食物和水，而且大多数流浪动物都是被遗弃的，生存能力各有高低。有些人不想养了又实在不忍心丢出去的，就会联系救助站帮忙送养。

豆豆就是其中一只。

原主人说豆豆以前是一个学生养的，养了一个月养不下去了就送给她了，她家里小孩子想要就留下了，但是她婆婆不让养，这里不收也要丢的。

当天晚上我拜托朋友陪我去取，因为原主人说所有养猫的东西都一起送了，所以我俩开着车空着手就去了。

然后原主人抱着豆豆，把它塞进了一个补习班发的那种布袋子里交给了我。

我说我可以以后拍照片给你看，你也可以去我家回访，她说不用。

我手足无措地一手紧紧攥着袋子口，另一手托着豆豆的后腿，我朋友也觉得心酸，车开得飞快先到了宠物医院，因为原主人也从来没给它打过疫苗除过虫，我们两个没养过猫的人傻乎乎地敲门，宠物医院的实习生告诉我，猫刚抱回来，要过几天才能打疫苗的。

豆豆一直挣扎，我怕它跑丢，又一路紧紧地攥着袋子回了家。

到了家，袋子上的白色胶印都被我攥掉了，被汗浸湿黏在手指上。

一直反对我养猫的马先生打开门看见狼狈的一人一猫，叹了一口气。

豆豆就这样成为了我们家的第三名成员。

3

有了猫之后，我们的生活也没什么特别大的改变。

除了我本来就不高的家庭地位变得更低了。

4

豆豆一开始还是很怕生的，经常躲在床底下，我和马先生都会趴在地上看它，我看出了它脾气不怎么好，马先生看出它经常用后爪掏耳朵，猜它可能生了耳螨。

完全没独自养过猫的我屁滚尿流地带着它去了宠物医院，而后开始了每天给它上药的日子。我负责抓猫，马先生负责按着它，我负责滴耳朵，因为马先生说他滴不准。

后来豆豆不怕生了，但它依旧非常讨厌我。

以及特别喜欢马先生。

同样的事情在我们搬到杭州之后又发生了一次，杭州到了雨季非常潮湿，豆豆跟我们几次颠簸免疫力又下降，马先生摸着它吃粮的时候发现它的毛秃了比指甲小点的一块。

我再次屁滚尿流地打算带它去宠物医院，叫马先生装航空箱，他就蹲在箱子旁边充满爱地呼唤宝贝你来啊自己进来，我从厕所出来看到豆豆蹲在床上看着他一脸惊恐。

我拎着猫脖子干脆利落地塞了进去，马先生看过来的眼神清晰地写着：天啊你好粗鲁你好无情你好冷酷！呵呵，我不无情我不冷酷我不粗鲁猫会跟你比较亲？

男人可怕的心机

5

豆豆的耳螨好了之后，我老师的女儿中考结束要出去旅行，一家三口非常郑重地把她家的宝贝猫粽子托付给了我。

于是我的家庭地位一低再低。

每天跟在两只猫的屁股后面拍照片拍视频发给他们，而他们只愿意看粽子拍得好看的。

我只愿意发豆豆拍得好看的。

所以他们每天能看到的照片视频非常有限。

6

粽子是带着自己的猫砂盆和猫粮一起过来的。豆豆对粽子和粽子的东西都非常不满，四处挑衅。粽子的性格比较高冷安静，到了新环境又不习惯，所以面对炸毛的豆豆，只是到处找地方藏起来。

跟着粽子，我找到了那个房子里所有能塞进去一只会变形的猫的角落。

两天后，一岁多的粽子熟悉了整个屋子，七个月还很瘦的豆豆再试图揍它的时候，被一爪子拍了出去。

连续被拍了几次，豆豆开始用粽子的猫砂盆，吃粽子的猫粮，啃粽子的猫罐头，但不再主动揍粽子了。

粽子还是非常安静，随便豆豆用自己的东西，也不会接近豆豆的领地——我和马先生的枕头。

主要是马先生的枕头。

7

和粽子一对比，我发现豆豆的脾气果然在猫里算不上好。

我在微博上看别的博主晒猫，羡慕地和马先生说，你看别人家的猫，马先生当时正在认真地打游戏，随口敷衍我，别人家的猫怎么了？

我把 iPad 转过去给他看，你看别家的猫，又萌又可爱脾气也好，你看你家猫，又胖又懒脾气还差得要死。

然后马先生意味深长地看了看我，继续打游戏了。

对，猫是我抱回家的，可我还是你抱回家的呢！

8

因为豆豆脾气不好，生过耳螨之后我们定期给它清理耳朵，每次都要追着它满屋跑。我和马先生的胳膊腿上都被它挠出好几个疤痕。

最厉害的一次是过年我们两个分别要回家，马先生家远先走了一天，我走之前要负责把豆豆装到航空箱里送到宠物医院寄养，我好不容易把它塞到了箱子里，它扑腾得我怎么都关不上门，跑出来之后再抓就更难，我四处围追堵截，把所有房间门都关上，让它只能在空旷的客厅里跑。

最后也不是我追上它的，它大概懂了我的决心，瑟瑟发抖地蹲在客厅的电视柜后面，我抱它也不挣扎了，直到我再一次要把它装进航空箱，它开始最后的徒劳反抗，前爪在我腿上抓出了五个血洞。

我惨叫一声它终于不动了，在航空箱里看着我。

那五个洞的疤痕现在也还在，每次看到我都会想起当时豆豆看着我的眼神。

我不知道猫的心里会不会有遗弃这个概念，对它们来说应该也理解不了和人类之间的主从关系，可假如猫真的有情绪，或者我以人类的情绪去理解它，那么它看着我的神色或许可称为背叛。

而遗弃动物的人背叛的其实也不是动物，是曾经的自己。

所以那时候我就决定，无论发生什么，我都不会再把它送给别人。

虽然它没有那么需要我。它的性格和脾气说明它有足够的警戒心和野性独自生存，准备了足够的猫砂、食物和水，它可以优哉游哉地在家里待三天。

是我需要它，它的存在对我来说才是恩赐。

无论发生了什么事，看到它我可以安静下来。这对一个性格不稳定的人来说真的太重要了。

我因为在医院受了委屈号啕大哭的时候，马先生抱着我，我看到豆豆瞪着眼睛蹲在床下一动不动地看我。本来哭得一抽一抽的我渐渐停了下来，不管发生什么，马先生在我身边，而我第二天还要去实习，我需要掌握活下去的技能，要赚钱给豆豆买猫粮。

我养了它，就要好好照顾它。

9

太美的承诺是因为太年轻。

我第一次后悔是马先生喊猫喊成了老婆。

后来就开始日常后悔。

马先生开始变得智商不好，有时候在厨房做着做着饭突然打开门冲屋子里喵——喵——

豆豆想进去的时候就摇头摆尾和他一起喵，不想进去的时候会抬头很敷衍地张张嘴。

而马先生呢，无论猫是什么样的，都会挥挥锅铲，冲着猫唱“大声说句我爱你”，然后关门开始炒菜。

我应该在车底

10

我非常想告诉豆豆，是我排除万难（主要是马先生的反对）把它接回了家，我才是最喜欢它的人。

虽然这是真的，但豆豆可能不会信。

马先生有多宠这只猫呢？豆豆吃的猫粮猫罐头都是马先生试吃过的，怕太咸；有时候晚上给猫盆换水的时候，怕水太热，都要把鼻子杵进去给他的猫试水温。

渣男配猫，独领风骚

11

猫对马先生也很好。

周末的早上马先生非要爬起来看电竞比赛，我不许他定闹钟，这货靠着坚强的意志力爬起来，看完继续睡，豆豆可能以为他死了，或者觉得该起来了，照脸就一顿狂舔，再往手底下狂拱乱叫，半小时一次。

马先生整个人崩溃了。

我非常的（xing）同（zai）情（le）他（huo）。

哈哈哈哈哈哈我家猫真是太可爱了。

12

豆豆四月份来到我家，那时候原主人告诉我说它六个月。

然后十一月份的时候，在化毛膏邮寄到哈尔滨都冻硬了的季节，豆豆发情了。

一直以为猫只有春天才会发情的我懵逼了，我一直都不想让豆豆生小猫，现在的人都喜欢养品种猫，正因为品种猫比较贵，所以就算不想养了也舍不得丢，像豆豆这种遍地都是的田园猫，生下了小猫也不一定找得到什么好人家，我自己也没办法养，思前想后决定带它去绝育。打电话给宠物医院，医生建议我等到发情期结束。

我和马先生忍受完了撕心裂肺的猫叫，想挑个我俩都有时间的日子带它去手术。然后它又发情了。

那段时间我比较忙，已经研三的我面临着找工作。医学生好工作难找，中医尤其。我所学的专业因为工作强度太大，大多数医院根本不招女生，原本打算在哈尔滨安家的我，无奈还是收拾行装去了杭州参加招聘会，住在表姐家。

表姐独自在杭州打拼多年，一直劝我趁着年轻看一看更大的世界。

我自己对未来也有企图，不甘心留在相对来说科学研究比较落后的东北，我父母一直希望我能不辜负自己学业上受的苦，只是劝我要和马先生商量清楚。

他刚陪我在哈尔滨稳定下来，离开意味着又要重新开始。

我问他，他只是说，会陪我的，哪儿都可以。

我背着包就走了。

在表姐家住了半个月，马先生突然严肃地说，有一件事要和我讲，叫我一定要承受得住。

那一瞬间我的心思千回百转，他出轨了？那他跟我说是什么意思，是想叫我原谅他还是想和我分手？我该不该原谅他？他会不会有下一次？分手的话他会直接走还是会等我回去再走？直接走的话钥匙我叫他给谁？等我回去再走的话我要不要找人套他麻袋？

我都已经想到把他打住院的话，我要不要陪床了，就看马先生那边打过字来。

你家猫尿床了。

……

跟出轨比，尿床实在不是什么严重的事情，于是当时的我非常平静，对他说反正现在我又不在床上睡。

一直到现在我都很后悔我当时的轻率

13

这次发情结束，不想继续洗床单的马先生一个人带着豆豆去绝育，下班再急急忙忙带它去打消炎针，又当爹又当妈。等我回家之后，豆豆的伤口已经差不多长好了，正式变成了豆哥。

而且很惊喜的是，经过这一次，它大概发现马先生也不是什么好人，不再那么讨厌我。

在我觉得我们三个将会相亲相爱地开始新生活的时候，豆哥又尿床了。

睁着它圆又大的眼睛看着我，平静地尿在了我的被子上。

因为当时已经决定要来杭州，所以哈尔滨我们住的地方没准备多余的被子。那一天是愚人节，哈尔滨风雨大作，有一家店摇摇欲坠的招牌被风吹掉砸死了人。马先生下班之后打车去我学校宿舍拿我的被子。

我一直提心吊胆拿着手机守在门口，豆哥被我凶了也知道自己闯了祸，乖乖地蹲在客厅的电视上和我一起等，在马先生打开门的一瞬间我的心终于放了下来。

才明白为什么有些人会说有了爱情就是有了归宿。

14

豆哥尿被子这件事，我查阅了非常多的资料。

有人说是因为猫砂盆不够大，于是我换了大猫砂盆。

有人说是因为猫砂换得不够勤，于是我囤了许多猫砂。铲屎次数少是不太可能，马先生从来都是早上起来、下午下班、晚上睡前都要铲的。

有人说是因为被子上已经有了猫尿的味道，所以猫下意识地觉得那是可以尿尿的地方。因为被子真的很贵，我实在舍不得丢，一直带到了杭州。

而豆哥也真的没有辜负我，换了个地方还是闲来无事尿个被。

我就像网上说的，拎着脖子叫它看自己做了什么好事，它生气了，一个晚上没有理我，我也生气了，没有主动理它。

第二天上午我赖床，它可能以为我死了，又凑过来舔舔我，没错，我就又原谅它了。

渣女和猫，天荒地老

15

因为实在不想闻着若有似无的猫尿味入眠了，于是虽然我刚上班赚钱很少，经济有点拮据的我和马先生还是斥巨资买了新的被褥和四件套。

换好了之后我其实也没觉得有什么区别，我和马先生已经闻不出了，马先生是因为不嫌弃他的猫，而我则是因为养了豆哥半年之后，突然开始猫毛过敏，每到季节交接的时候鼻炎就发作得很厉害。

但至少我们的心理上非常满足。

换了被子后我把猫洗了。

绝对不是报复，而是我们来杭州之前有一段时间没办法养它，所以拜托家在杭州附近的朱小豆帮忙养了一个月，回来的时候恰好赶上杭州 G20 峰会，不得不偷偷摸摸地把它装回来，所以觉得可能会有点脏。

虽然豆哥自己会洗脸吧。

真的不是报复。

豆哥对洗澡不是很抗拒，但是非常害怕吹毛，吹了半个小时，整只猫都被吹懵了，说啥不让吹了，躲桌子底下自己咔咔舔。我得意地发微博，试问什么猫小三用洗澡治不了？一次治不了我不会洗两次？尿我被子是不？抢我男票是不？败我钱财是不？来啊，互相伤害啊！

辣鸡豆喵，抢我男友，尿我被子，毁我钱财

16

我有个问题想问问，那么多人骂虐猫的人，有没有人骂虐人的猫的？

17

我买了一个洗衣 APP 的会员，充 100 送 100。

这个 APP 还是很好的，因为不仅可以殷殷叮嘱取衣服的小哥，还可以再打电话让客服备注：猫尿过，请一定使用专业去味儿的洗剂。

对，我知道猫还是闻得到的，我闻不到就行了。

幸好我没有买蚕丝被，否则洗被子我可能会破产。

18

洗衣店的小哥第一次来送被子的时候，我签完字顺手就把笔盖好往胸口戳，然后发现我没穿白服，睡衣胸口没口袋。抬头看小哥一脸懵逼地看着我。

我尴尬地嘿嘿笑了两声把笔还给人家，小哥一溜烟就跑了。

诶你等等，虽然看起来像，但我真不是神经病……我可以解释……我是个医生……

在医院里工作，钱包放桌子上不会丢，但笔绝对不能离手

19

微博上居然有人问我猫尿被子怎么办……

猫尿完的紧急处理倒是会。被罩倒 84 迅速洗掉，被子打包送洗，让人家什么去味儿用什么。

然后你就可以思考人生了，为啥养猫。

反正我家现在床上有猫不留被，有被不留猫，人在被在，人走被收。

怎么办……除了劝劝自己还能怎么办？

20

大概是天冷了，昨晚豆哥疯狂拱我被子，进来以后还刨我床单，和埋屎的动作一模一样。

我每次都是由此发现它尿被子的，梦里听见都魂飞魄散。

然后它进去出来进去出来，把我好不容易捂的热乎气都放走了……

根本不是它怕冷，而是它想我跟它一样冷

而且为啥不拱马先生？

21

马先生出差了，我和豆哥单独度过了降温的夜晚。

我终于发现，它在被子里舔我根本不是喜欢我，而是“往那边点这块你躺热乎了快给我”。mlgb……

22

有点对不起微博上向我求助的同学。

我一直以为，人不在的时候，留猫不留被，留被不留猫，是有效防止猫尿被子的方法。

而今天我知道了，这个方法是有效的，但和人在不在没

关系，或者说，和我在不在没关系。

马先生问我，为什么我一休息猫就尿床。

我也真的很想知道啊。

防猫碰被，甚于防川，一着不慎，满被皆输。

怎么说呢。

经历了这么多次，我终于学会了看开。

你说你感到万分沮丧，甚至开始怀疑人生

23

找到了马先生不在的休息日和豆哥和平相处的方法。

就是在我起来的时候，把它也抱起来放在一边，被子卷得乱七八糟让它上不去。

手动防尿床。

除了麻烦和每次都要重新暖被窝，暂时保证了被子的安全。

一秒钟的安稳也是安稳

24

人长大的过程，就是逐渐接受那些无可奈何又无能为力的事。

你要平静，要像一个大人，不要哭，不要歇斯底里。

反正明天会更坏的，为什么要把眼泪在今天就流完呢。

你的猫前天尿了被子今天就还会尿，明天依旧会尿。

旧被子尿完换新被子接着尿。男朋友都送给它，它也还是尿。

我之前居然还担心 100 块优惠券用不完。

我真单纯呢。

过俩月反馈拿猫蹭的方法管不管用

25

豆哥疯了，对着书架疯狂地叫。

马先生抱着他的猫，一层一层往上放，看他家猫到底想干什么。

连我放护肤彩妆的那一层都不放过。

服气。

他可能根本不知道他家猫一爪子下去会碎掉多少钱，也可能知道了他也不会在乎。

我算明白了，尿床算什么啊，他家猫就算要上天，这人都能给整个热气球。

26

我觉得可能我和马先生真的要过不下去了。

马先生睡觉比较轻，早上跟我讲，昨晚猫一直在我俩中间，问我知道不知道。

我说不知道。

他说我也觉得你不知道，我睡的时候你伸胳膊要搂我，我说猫，猫，你还往我这边靠，给你家猫挤成了一条它也不走。

我说然后呢？

他说然后我就把你推开了。

老子真是谢谢你哦

27

马先生有一天跟我讲膝盖痛，撒泼打滚让我给他推拿。晚上睡不着的时候我才发现，因为天冷，所以豆哥最近都靠着我们睡，它最喜欢的地方是马先生脚底下，紧紧靠着。

马先生睡觉就一直蜷着腿。

第二天我问他知不知道，他说知道，我说你腿伸不直睡一宿能不疼么，你伸直了你家猫就会换到别的地方了啊。

他说懒得起来抱，总不能踹吧，你晚上使劲靠着我，枕得我胳膊都麻了我也没推开过你啊。

等他们结婚的时候，我会给大家发请柬的

28

豆哥真的越来越不要脸，我在被子里侧躺着，它在我怀里舔我手指头，一只猫为什么那么喜欢舔扒过橙子的手指头啊？舔够了往我腿上拱，我以为它要过到另一边，就抬起右腿给它让路。

这货躺我左腿上了，开始洗脸。

？？？？？

29

我反正这辈子也就这样，不会有什么出息了。

豆哥踩我腰，我第一反应是和马先生炫耀，你看你家猫更喜欢踩我。

它整只猫堆在我枕头上，我被挤得只能趴着，就把整张脸埋在它肚皮上，马先生凑过来跟它讲话，豆哥就舔，马先生说哎呀别舔，都是口水。

我霍然抬头，舔我，来舔我。马先生一脸鄙夷，你家猫理你么。就看豆哥慢悠悠舔了下我鼻子。

马先生不高兴了，说那是我不在，咱俩离它一样远你看它舔谁？

我俩一起凑到它旁边，在豆哥伸头的那个瞬间我一个头锤磕在马先生头上把他磕一边去了。

豆哥舔了我。

#对不起，不要相信女人，即使她是你老婆#

30

也不要相信男人。

周末早上我侧躺着刷微博，然后豆哥跳我身上我也没在意，这猫就开始疯狂踩我，辗转腾挪，上蹿下跳，我老血都要吐出来，心说是不是狂犬病啊？

一转头看到马先生拿个丝带在我正上方抖，豆哥蹦哒得贼开心……

这人是不是染了狂犬病啊？

31

趴在豆哥的毛里特别治愈。

它脸上有淡淡的香味。

这货肯定又扒垃圾桶里的零食袋了。

32

我们快搬新家了。

我想买个吸尘器吸猫毛，金牛座马先生一脸的你又不做家务你买了啥用？

我说我过敏这么严重，以后万一怀孕了猫毛肯定是个问题，我爸一定会把我的猫抢走的。

他说那就把猫送走。

我说卧槽你舍得你家猫？

他一脸沉痛，说没办法，我先带着猫隐居吧。

……

挂一个抛妻弃子的渣男

33

我胆子超小。只要白天看了难看的东西，包括但不限于密集的诡异的丑陋的灵异的，晚上我一定是四肢死死扒在马先生身上，不分春夏秋冬。

马先生没回国的时候我晚上在宿舍看《盗墓笔记》，吓得不敢上厕所，愣是抓到了半夜不睡觉打游戏的好友给我打电话陪我去……

所以虽然后来我发现她脑子不太好，但依旧和她一起玩儿，因为那天晚上她居然没嘲笑我。

真朋友啊。

我不敢睡觉的原因是我会做梦，那些看到的东西会乱七八糟地出现在我的梦里，直到把我吓醒为止。

有的时候醒也醒不过来。

我梦见同年纪小的好友出去玩，她整个人挂在男友身上，而我只有自己。

梦里的我知道这是一个梦，拿出手机想发个微博，内容是现在的小孩子谈恋爱都这样了？

在我将镜头对准他们那个瞬间，发现镜头里一片空白的时候，我仿佛明白这个梦该醒了。

脑子一阵剧痛，如同被卷进了精神风暴，又倏忽之间被掀出来，梦里的我踏上一片破碎陆地，像是在修复自己崩溃掉的大脑，明知道自己依旧在做梦，可怎么也醒不过来。

我知道自己抓住坐在一边的马先生，也知道自己翻个身死死抱住了他，辗转反侧许久，最后摸到了趴在他身上的豆哥。

那种温暖而柔软的触感将我从这梦到醒不来的梦中拉了出来。

醒来的感觉是仿佛没有睡过。

马先生说豆哥本来趴在他身上，中间突然起来走到我身上，看了我几秒，又原路退了回去。

我讲述我做了什么样的梦，马先生问我看没看过盗梦空间，我说看过。

他说那就是以他为原型，所以为什么他买彩票不中，因为中了他就得醒过来了。

我掏出手机，说我要把手机镜头对着他看一下我还能不能再醒了。

可我舍不得。

这幅场景是我多年来的祈愿，它实在美好得太为过分，如果下一秒就让我死去或者消失我不会有遗憾。

但请不要让我醒来。

第六章

但我有个真老师

WO KE NENG JIE LE GE JIA HUN

1

马先生要为我去哈尔滨的时候，我又开心又不安。

开心的是多年等待终于成真，不安的是他为我付出了太多，我无以为报。

这些情绪最终体现出来就是我除了上班的时候还能镇定，其余时候坐卧不安。

简单点说是走来走去，走到我老师崩溃。

前面有提过的我的硕士生导师，四点钟打电话催我做饭，我还八点没做完的就是她。

我是她第一个研究生，也就是说我们两个在如何对待彼此这件事上，经验值都是零，非常公平。

不过她比我多了十几年的人生经验，所以我们第一次见面，我老师气势非常足。

不看她的齐刘海的话。

问了我考研成绩，英语成绩，过了几级，会不会写文章，我一一答完，就听我老师继续问，有对象吗？

我因为回答了太多问题，根本没反应过来她到底问的什么，下意识地说有，说完才抬头看她，仿佛发现她有点被齐刘海挡住的眼镜下面闪过一道光芒。

就看她长出一口气，说太好了，那我不用操心给你找对象了。

这么多年过去后我依旧记得我当时的震惊，在我们学校念了五年本科，我都不知道我校读研还送男朋友？！

2

不过据此也可以看出我老师的性格，她是一个非常善良非常热心的人。

我们两个度过了最开始我不敢相信我已经开始读硕士，她不敢相信她已经开始带硕士的尴尬期后，关系越来越好。

建议马先生来哈尔滨，我们两个实际相处一下试试看的也是她和我表姐。我一开始很犹豫，因为在那之前，虽然已经恋爱三年多，可我和马先生对于以后的职业规划从来没有过认真的讨论。

我一方面不想因为自己影响到他的选择，一方面以为马先生是觉得我还不够成熟，要自己确定好了才和我讲，因为他看起来真的很像胸有成竹的样子，气定神闲不急不躁。

他很少和我说不确定的事，连回国看我都是确定好假期快订机票了才告诉我。

也是接受了我老师的建议和他好好商量过我才了解，丫也不知道回国干吗。如果不是考虑到我，他可能就不会这么早回来。

当时还很单纯的我又感动又震惊。

写到这里我发现我当时真的很单纯。

3

我当时有多感动呢，就是我觉得他为我来了，我一定要把所有的事情都准备好，首先我要找一个房子。我问了许多租过房子的同学和朋友，他们对我真的很好，把所有他们租房子遇见过的坑都告诉了我，一直在念书社会经验几乎等同于没有的我初识人间险恶，吓得坐卧不安。

对，就是走来走去走到我老师崩溃。

知道我为什么走来走去的我老师又崩溃了一次。

她说就这么点事啊，我之前的房子还没有卖出去，中介每次带人去看我都没有时间，正好缺个看房子的，你俩去给我看房子吧。

虽然当时我还很单纯，但我也不信她真的缺个看房子的。

也是难为我老师又瞎编了很多理由，唬得我觉得她的空房子真的很需要我。

房子的问题就这么解决了。

4

马先生一开始也不同意，因为我老师坚决不要房租，最后说好由我们来付空房子的物业费和取暖费。

但后来我们只抢到了付物业费的机会。

我花了不到一个月的房租，在我老师家里白住了一年多，家里的锅碗瓢盆全都是她给我的。

就算现在我有了自己的房子，可豆哥最初钻的床底，我为马先生做第一顿饭的厨房，我脑子里家的概念，整个框架，还是我老师房子的那幅图景。

我老师借房子给我的时候对我说，房子一定要干干净净舒舒服服，你回家才会有轻松感和幸福感。我一直所以为的家，是有马先生就够了，直到离开之后想起从前，那么多干净舒服的画面从脑子里一点一点闪过。

我才明白我老师借给了我什么。

不是房子。

是我整个少女时期的梦。

5

解决了房子的问题，我开始买必要的生活用品。

长时间的异地恋导致我已经非常习惯什么事情都自己来完成，完全没有考虑马先生来了我们两个一起买更方便这个选项，直到我一个人拎着新买的被褥枕头站在哈尔滨繁华的街头打出租车，东西太多了司机都不愿意停。

我站在街边几乎要哭出来。

我意识到自己可能回不去了，一个被子一个薄床垫一套四件套两个枕芯，对于一米五的我来说，不仅沉，而且实在是太巨大了，最后好不容易打到一辆车，载我到了学校门口，我的研究生室友出来接了我。

第二天我很心酸地说给我老师听，我老师惊讶地说你傻啊，为什么不给我打电话我去接你，或者我休息的时候和我一起去呢？

我没说出什么话。

那时候马先生的爱对我来说还是远水解不了近渴，在此之前没有人给过我这样丰盛又亲近的善意。

我不知道人还可以这样依赖别人。

6

类似这样的事其实早就发生过。

我在研究生录取结束后就开始跟着我老师实习，那时候快要毕业，我老师给我很多时间和同学们聚会喝酒，但单纯的聚会喝酒已经满足不了混在一起五年的我们了，于是我们开始策划去松花江边烧烤。

这个时候不得不提除了朱小豆之外我的另外一个同学，因为我们凑在一起实在没干过什么好事，所以我肯定不能写她的大名，而究竟给她起个什么名字好让她遗臭万年这件事，我询问了她的意见。

她说那就宇宙超级无敌美少女吧。

好，我和刘无敌凑在一起策划去江边烧烤。从来没有过烧烤经验的我们认为当务之急是找到一块可以烧烤的地方，于是在五月的艳阳下，在哈尔滨江北通往太阳岛公园的大马路边，走着两个晒成咸鱼的女孩子。

我们迷路了。

这件事在回来之后讲述的时候我们两个默契地没有承认，称之为“沿途并没有一块适合烧烤的风景”。

就不提同学们是如何羞辱我们的了。

我老师听说了这件事之后十分惊讶，问我以前去烧烤过吗？我说肯定没有啊。她说那你们有几个本地人？能借来几辆车拉东西？是自己串肉还是买现成的肉串，无论是肉还是肉串，重点是谁家有大冰箱可以放一晚？

我把我老师的疑问原样带给了刘无敌。

两个加起来晒黑了四度的人再也不提烧烤了。

唯一还提过这件事的是我老师，听我说放弃了之后拍拍我的头，赞许了一下我迟来的明智，然后说：“其实我知道哪里能烧烤，你要是早点跟我说，我开车带你去，你就不用晒成这样了。”

于是我养成了一个非常好的习惯，就是不管什么事都要和我老师讲

7

对了。

在我已经差不多忘记了烧烤这件事之后。

研究生毕业前，我老师叫我一起去参加了科室的江边烧烤。

她女儿念了初中之后，因为要帮女儿写一个人力所不能及三个人也要写半天的作业，我老师就很少参加科室的集体活动。她吃饱之后就回车里躺着，叫我小师妹跟着我。

小师妹跟我讲，老师说你早就想来江边烧烤，本科毕业没烤成，这次可以好好感受一下。

我喝过许多次酒，但那是第一次也是目前唯一一次喝到不省人事。

在那之前会记得我自己都记不得的小愿望的人，只有马先生。

马先生我尚有余生可还。

而我再也不会遇到这样一个人，没有顾忌没有防备没有利益相关，没有恋人之间对于情感的计较，也没有父母子女的理所当然和无可奈何，只是真诚甘愿地为彼此着想。

再也不会有了。

她是我所拥有的最特别。

8

我老师影响我非常多，她总是在不知不觉的时候传授给我非常有用的人生道理，就是听完之后“丁”的一下脑子里亮个小灯泡的那种有用，一句话影响我的人生的那种有用。

我住在她老房子的那段时间我俩每天都知道对方家里吃啥，因为她的新家离旧房子只有一栋楼的距离……我经常蹭她的车下班，再一起去买菜，一兜不拆卖的土豆我俩一起买然后一家分一半，晚上她家吃土豆饼我家吃土豆丝。

所以我们两个早上的话题是中午吃什么外卖，下午的话题是晚上买什么菜。有一次周末我俩打电话说起来哈尔滨大面积停水，我并没有当回事，表示可以下楼买俩菜啊。

透过手机我都能感受到她的鄙视扑面而来，没水了你也敢吃饭店？

生生的把我的晚饭从水煮肉片变成了泡面

9

我的人生肯定不是只有吃的。

马先生刚到哈尔滨每天出去找工作那段时间，我的日子不太好过。一方面心疼他的辛苦，东北经济不好，工作难找工资也不高，另一方面我父母的态度不甚明朗。他们是非常普通的中国式父母，希望自己女儿拥有最好的，但也不愿意伤害别的人，每天打电话来问马先生工作找得怎么样，如果不好的话还是叫他回去吧。我觉得很对不起马先生，因为我不知道怎么和父母形容他到底有多好。

我害怕马先生也觉得和我在一起压力太大，每天他回来都不敢表现出很担心的样子，也不敢提我父母。

他出去找工作，我就坐在家里的床角一边哭一边给我老师打电话。

老师听我断断续续地说完，叹一口气说，你们还那么年轻，只要有手有脚不怕辛苦，日子总不会越过越差，你着什么急呢。

直到后来我离开哈尔滨离开她来到杭州，每一次我觉得不够顺遂的时候，平静下来都会想起她说这句话时候的语气。

我还年轻，我着什么急呢。

生活看起来总是不太好，每当拥有一样东西，就有更多的东西值得去争取。有了爱情想要保障，有了保障想要享受，有了享受想要每分每秒的快乐和幸福，想要的太多甚至匀不出时间去思考，在应该奋斗应该去付出的年纪，自己努力了什么又做到了多少。

我的焦虑来自我的无力感，我太渴望和马先生安安稳稳地在一起，这种渴望甚至成了绑缚住我的一个梦境，我想沉睡，但还没有闭上眼的权利。

这是年岁渐长的我终于明白的。

而那些当时自己都无法感知的情绪，我没说，她都懂。

10

虽然我老师给了我很多人生经验，但她从来都不会跟我讲，你不要这样你应该怎么样。

因为我脾气非常差，马先生和我妈最烦的就是我一说就翻脸。我的理由是这种小事也不影响什么你看不惯就别看啊，以及既然知道你说了我也不改那你为什么还要说？我认为自己一点也不怕犯错误，摔疼的那天就会改了，人总要吃亏然后成长的不是吗。

同样的我也不挑朋友毛病，能接受的我就忍着，接受不了我就绝交，何必你看我傻逼我看你傻逼，世界那么大互相放过多好。

我肯定是不会在我老师面前表现出我脾气差的一面，不过以我老师的智商看透我实在是太容易了。所以她一般都是提一提，得到了意料之中的结果之后就不多说了。

把所有的话留到我吃了大亏那天笑我。

比如说我要在十二月份去学车，理由是人少不用排队等练车，我老师劝了两句，我坚持要挑战自己。然后穿了五斤衣服用尽力气挪到驾校，听见了自己牙齿打战的声音。终于考完了科目二的那一天，我瑟瑟发抖地挪回了科室，我老师眯眯笑地看着我，问我冷吗。

后来我每个师弟师妹都听过他们大师姐零下三十度学车的励志故事。

看我的眼神宛若看一个智障。

再比如我跟她讲我想染个浅色的头发。我老师叫我最好不要。当时我的任务是在宿舍准备论文开题，不用每天都在科室里，所以觉得我老师并没有那么反对的我就义无反顾地染了。染完了我非常兴奋地打电话给她，她想了想说你过来我看看。

我顶着一头黄绿色的头发就去了医院。

先遇见了我们护士长，护士长的女儿当时放假，没人看就带来了医院，护士长像是接头的地下党一样把我拽走了，让我千万不要被她女儿看见教坏小孩子。没得到夸奖的我情感上非常难以接受，去找护士姐姐们求安慰。

护士姐姐们看到我一脸心疼，这个问我孩子你怎么了？那个问我孩子你受了什么刺激？我说我就是想染个头发，非常真诚地问她们怎么样？

姐姐们抬头看了看灯，说今天天气真不错啊。

挫败的我回到了医生办公室，坐在我老师桌子对面的赵老师看了我半天，说你这是营养不良还是白化病先期？隔壁的崔老师摇摇头说你不懂，这是时尚，绿毛狮王。

不说最后四个字老师下次我还能帮你患者做心电图。

我老师慢悠悠地进来，她后面座位的老师就问她，你咋没看住你学生呢？我老师嘿嘿笑了两声，说不是挺好玩儿的吗？你下次还染吗？

我一把打掉拿我当背景自拍的我师弟的手机，痛哭流涕地回宿舍奋发图强写开题报告，直到颜色掉成了深黄色才出门。

11

后来我开始非常听我老师的话，但有的时候记性会拖后腿。

我在救助站做义工，恰好赶上救助站换基地，我周末和朋友一起去帮忙刷栏杆，我老师先是嘱咐我不要磕碰到，然后非常认真地说，你一定要记得戴手套和帽子口罩。

我满口答应，第二天全然忘记。

晚上带了一身的油漆点回家，搓掉了一层皮。

12

快毕业的时候，我和我老师开始频繁地出去吃饭。

有借口就去吃饭，没借口找借口吃饭。

她开车带我在哈尔滨绕来绕去，吃所有她觉得好吃的店铺，去海鲜市场买壳少的东西拿回来煮火锅，因为虾蟹之类我一向懒得扒。

答辩过后我请她吃谢师宴，举起酒杯一句话都说不出来。

真的说不出，答辩的 PPT 最后需要致谢，而我的最后一页只有一句话，感谢我的导师。

我有太多话想要和她讲，多到不知道从哪一句开始讲，不知道讲哪一句能恰好说出我的舍不得，又不至于流眼泪。年少时候读不懂的词句一瞬间明白。

“当你还在我面前我就开始怀念，因为我知道你即将离去。”——米兰·昆德拉

13

马先生提前半个多月先去了杭州，临走之前帮我把放在我老师家房子里的所有东西能打包邮寄回家的邮寄回家，不能的都拿回了学校宿舍，留给我自己整理打包，毕业的时候直接邮寄到杭州表姐家。

我填好最后一份物流单，整理好行李箱，收拾了宿舍，去和我老师告别。

她送我出来，站在电梯口说要经常打电话，我说这个不用嘱咐，你换点儿别的。

她说你这个脾气得收敛点，别什么事就找人家小马吵架，两个人要互相理解互相扶持才能好好过日子。

我说咱俩走楼梯吧，这电梯来得也太快了。

她说你工作了低调点，不要这个你会那个也会，把你会的全都一下子掏出来，别只想着出风头，要谦虚。

我数着台阶，觉得我们科还可以再高几楼，这个楼层太矮了。

她说你慢慢会理解你妈妈的，不要非跟她争辩个对错，你走了这么远，你妈妈心里不好受的。她絮絮叨叨想起什么就嘱咐我什么，恨不得把她四十年的人生经验一下子全都传授给我。

我听不进去，满脑子都是我为什么不留下呢，她说的这些话三年来都和我讲过许多遍，当时我为什么不觉得特别呢，我到底为什么望着远方移不开眼呢？

楼梯总会数完，站在住院处的门口，我说你放心吧，到了给你打电话。

这句话我每次回家或者出门都会跟她讲，只是从前我还会讲，过两天我就回来了。

她也还像从前那样点头。

我说你先进去吧，我看你进去。

她转身抹眼泪，我也终于忍不住，我没办法让她送我，没办法让她看我的背影，这次我要出门很长时间。但我会回来看你的。

14

离开哈尔滨之后我才发现，我有很多细节变得和我老师很像。

三年前烫着绿色长卷发穿着蕾丝蝴蝶结的我现在习惯穿牛仔裤 T 恤扎一个马尾。

说话的时候会不自觉攥椅子扶手。

麻辣烫放很多青菜倒很多醋，喜欢吃面条。

拿听诊器的动作，做心电图时候放导联的顺序。

买热水壶也要买和她家一样的牌子，买车也要买和她以前一样的牌子。

我还是喜欢吃韭菜盒子，但谁做的也没有她婆婆做的好吃。

而我老师也真的是亲老师，我走之后她特别怕我不知道她们在吃韭菜盒子，所以总是很贴心地发图给我，无论我在上班赶地铁还是吃方便面。

15

在我对她发吃的给我这件事提出抗议之后，我老师很心酸地说很想我，叫我发最近的照片给她，考虑到不能欺师灭祖，我翻了很久发了一寸照和新身份证照片。

我老师："不对！不是这样的！"我发了两张四十五度美颜自拍，她满意了……

老师你醒醒啊老师，那是朋友圈里的我，那不是真的我啊！我回去你还认得出我吗？醒！醒！啊！

真没想到朋友圈也能洗脑

16

我老师朋友圈玩儿得很溜，有一天我看她发朋友圈说她初老症了，啥都要拿笔记下来不然就忘。

看完了我非常愤怒地评论说，你原来也忘行吗？但是你也不记，你都让我给你记着，忘了就埋怨我。

她很镇定地问我，是吗？我说对啊，她说那看来我真的初老症了，那些事全忘了。

懒得记就说懒得记，你患者的化验单你咋都记得呢？

17

虽然不天天待在一起，但我什么事都要和我老师报告的习惯一点都没变。

以前都是屁颠儿屁颠儿跟在我老师身后，第一天独立出诊，我拍了张我诊室的照片发给我老师。

配上字，萌新瑟瑟发抖。我老师回复得很快，而且言简意赅。

完蛋。

我又给她看我的签名。

两秒后她发了一长串儿语音，这是啥？能看出啥？连一个字也看不出跟你有关系的画能叫签名？

我说节省点时间呗，而且这边的病历本不像咱们那边，这边每次都写在一个本上的，我写病历的字太丑了，但又没办法，所以干脆把名字写得认不出……就跟裸奔捂脸一个道理。

我老师又发了两个字给我。

真行。

18

我觉得我老师会有这么强的攻击力，肯定是因为我走以后，天天和她小伙伴刘老师俩人去吃饭学坏了。

她俩是研究生同学，毕业后在一个医院的不同科室，一起玩儿了差不多二十年，好事儿俩人一起分，坏事儿俩人一起扛，每天差不多处于两种状态，嗨呀钱太难挣了省点儿吧然后一起吃盒饭，嗨呀钱这么难挣我挣得这么辛苦还不对自己好点儿，一起去吃加州牛肉面再要一盘黄瓜，吃完去逛街买衣服。

两种状态无缝切换。

婚后第一年我没有回家，我老师很心疼给我邮了年货，我开开心心地晒在了朋友圈，我俩好友都有的刘老师非常快地没有点赞就评论了“咋不给我买？”+ 嗷嗷大哭 .gif。

一分钟过去，我发现我老师没有回复，但是给我点了个赞。

刘老师更生气了，说“她还点赞？”+火冒三丈.gif。我被这两个人幼稚得不行，说“老师要不我给你邮回去一半？”+哈哈哈哈.gif。

于是刘老师也不理我了。

第一年上班没回家过年的我收到了许多人的关爱，我都诚实地晒在了朋友圈里，师妹送的唇膏在一大堆吃的里显得特别的鹤立鸡群，我老师在底下评论说，我出去玩儿回来给你刘老师就买的这个，自己都没留，她还想着没给她买干肠。

过了十分钟，我看到了刘老师的回复“我更喜欢干肠”+哼.gif。

一分钟后我接到我老师的电话“看看你刘老师！我都没舍得买！给她买了！我自己都没有！”

……

我说老师啊，你过生日我送你的散粉呢？

不知道放哪儿了。

那上次你说抹脸的都找不到了，我给你的素颜霜呢？

不知道啊，可能在柜子里呢。

那上次你同学给你的护肤品套盒呢？

看不懂！送你王老师了！

你根本也不想给自己买唇膏吧？

我老师嘿嘿一笑。

后来我老师把我邮寄回去的杭州特产分了一半给刘老师，干肠这件事终于揭过去了，两个人又开开心心地约了一众医生小伙伴吃吃喝喝过大年。

感觉自己拯救了一段友谊

19

但其实这段友谊还是每天都岌岌可危。

今天我老师发我两张照片，她们两个的午饭，刘老师可能又被患者虐了，无缝切换到了第一种钱难挣的状态。

非常心酸，吃了最便宜的鸡公煲，菜还是数着钱点的。我老师说我请你还不行?

不行。

就不行。

然后这俩人吃饭吧，谁都不带纸巾，以前我在的时候都是我揣，我不在了我老师也没改过来，我就买了很多小包的纸巾邮给她，告诉我师妹没事儿就往老师包里裤兜里衣服兜里放，反正不占地方。

我师妹执行得非常好，我老师今天吐槽完了说，纸还是我带的。

我说我给你买那么多纸巾，给刘老师用点儿没事儿。

她过了很久回给我，说我得省着点儿用。

我突然觉得我真的很残忍，明明已经没办法像从前那样她一个电话就能到她身边，但还是自私地让她的身边全都是我留下的痕迹。

我一直希望在我以后，有其他人代我陪伴照料，我深切地希望她们做得更好，又隐约希望着她们做得没有我好。

是以我将会被更加地想念。

我那样自私，又那样喜欢你。#

20

刘老师有个很特别的爱好就是买东西不喜欢刷卡，特别喜欢点现金。不管是一百一千还是一万，就喜欢点现金的感觉。

昨天又切换了老娘挣钱那么辛苦为啥不花模式，俩人出去逛街买鞋买护肤品，付款点现金，看着柜姐的眼神特别憨厚地笑，说好不容易从村里出来买点东西……

我老师跟我讲的时候声音充满了无奈，说你刘老师真是烦死了，买完还要把小票撕了说不能让她老公看到。

怎么说呢，她老公不是不让她买，而是她买的实在太多了，去年我陪她俩逛街，穿着破洞牛仔裤还非要买破洞牛仔裤，最后还是买了，然后哭天喊地要把身上那条穿了两小时的牛仔裤给我老师。

从来不穿破洞牛仔裤的我老师一脸艰辛。

她还贼开心，一顿问我俩是不是根本看不出换了一条，表示家里还有一条，那个回头也给我老师。

我老师满头问号 .jpg，我又不收破烂！

然后我老师说昨天逛完，刘老师也想起了去年我们仨经常一起逛街的时候，特别意犹未尽地说，你学生在就好了。

我老师说我也想她了。

刘老师点点头说对啊，她在就有人拎包了。

……

请帮我接刘老师的老公，她买的那些东西多少钱我全知道！

21

我老师的老公也姓刘，所以我也叫他刘老师。

第一年念研究生的时候，腊八节我老师给我带了一碗刘老师熬的腊八粥，我翻出手机要发朋友圈，拍完照片想起了一个非常严重的问题，抬头问我老师“男老师的老婆可以叫师母，那女老师的老公应该叫啥？师父？师公？”

她眯眼想了很久，推了推眼镜，说你就叫刘老师吧。她老公做工程师，所以也很多人这么叫他，也没什么错。于是我这样叫了四年，但就在前两天改变了主意。

我决定叫他师爹。

听起来非常难听对不对，主要是为了两个刘老师有个区分嘛，我肯定不是故意的。

有这个灵感是因为我和我老师讲我剪头发了，我老师让我发了个照片然后说还行啊。我说我觉得自己现在就是个大型的移动毛刷，满脸的求安慰求抱抱你快说我是你的宝宝。

过了五分钟，我老师对我讲，你刘老师说，让你发没处理过的原图。

……

手动再见 .gif

处女座工科男实在是太讨厌了

22

因为天天待在一起，不仅我俩熟悉彼此的家人朋友，我们彼此的家人也还相熟。

我和我老师连语音开免提，她非常忧伤地说，今天有一个报她研究生的女生过去找她，也胖，但胖得跟我不是一个类型……

我听到师爹在一旁哈哈哈哈哈哈哈哈。

然后我老师说最近遇到的一些事，我劝她不要太仗义要吃亏的，那些人都不要脸呀。一旁打游戏的马先生默默地说："当所有人都不要脸的时候，这种行为就是正常的要脸的了。"

因为我有点感冒所以我老师说我就听着，就听到那边师爹："你看你，你把她都说蒙圈了。"

后来聊到之前陪我去烧烤的小师妹最近分手了，马先生凑过来："谁分手了？咋回事儿？"

能不能屏蔽这俩弹幕啊，好烦啊！

23

因为我是第一个学生，所以最开始我们师门也只有我俩，我们考执业医师的时候，我研究生室友非常忧愁和担心，她上一届的几个师兄师姐都没过，考试应该很难。我听说了之后哈哈哈哈他们那一届全军覆没啊。

我室友斜了我一眼，说你最好不要挂掉，你要挂了就是整个师门全军覆没。

……

吓得我整个研究生时期再没敢挂过。

现在我当然不是当年一人挂科全军覆没的光杆大师姐了，我老师已经收到第五届了。

不过还是最偏心我。

有多偏心呢。

师门群里发个红包发现我没抢，赶紧发信息叫我。

我必须抢到最大的她才开心。

24

我老师熟悉我的研究生室友、大学室友，我常提起的好

朋友她都认得。我有一个研究生室友念博士了，她老师的科室在我老师的科室楼下，最近报课题总能碰见，说昨天聊了两句。

我说我老师肯定心里不好受，看见你就会想起我已经走了。室友说你老师提起你就很为你高兴，一心在等你婚假回来呢。

是啊，我也在等。

人年轻的时候总是不知道自己做出的决定究竟代表了什么，不知道自己轻易离开的是多么重要的人。

不懂为何老人笑你天真。

我老师在我的生活里，亦师亦友亦母亦姊，扮演了许多我曾经求而不得的角色。

遇到马先生和她以前，我是个特别缺爱的人，像一个破布娃娃，不停地往外掏棉絮去温暖别人，以为这样就会换来等值的好。

直到棉絮掏光了活不下去了我才知道，没用的，不是真的喜欢你这个人，你为他死了他也只会嫌你的血脏了他的衣服。而真喜欢你的人，也不需要你的棉絮，他会和你分享布片，互相缝缝补补然后体面见人。

而我也不会去怨愤在我最需要的时候冷眼旁观的那些人，因为没得到过所以只会需要的越来越少。当少到你知道什么才是支撑你活下去的最本质的东西的时候，活着这件事就会变的轻松而真正灿烂起来。

你会拥有自己的宝藏。

再也不会去看满地的玻璃碴子。

我于生命不经意之处遇见她，我们不可能永远在一起。

但幸好我遇见过她，从此我成为我。

第七章

今天我们都是大写加粗的白衣天使

WO KE NENG JIE LE GE JIA HUN

1

离开我老师之后，我成为了一名儿科医生。

在儿科成为压倒急诊、号称最高危行业的今天，我下定决心去做儿科医生，究其根本大概还是因为师父，就是三副中药吃好我的石大夫。

就算到现在，我还是觉得她是我遇到过的最好的医生。她用医术治好了我的病，然后用人格魅力治好了我的脑子。同为中医行业，师父治好我之后的第二年暑假，已经生龙活虎的我被爸妈丢到了她的门诊去学习。无论什么样的小孩子，她永远都是笑眯眯的，从来都不会嫌他们脏或者皮，但是会指责对小孩子没有耐性的家长。就像当初问我爸，你只有这一个孩子吗？一个孩子你们还不好好养，不想要给我。

在她那里学习是我第一次面对临床，那些小孩子的笑容和家长的感激是我第一次知道医学的魅力。

我从来都不觉得是我在救他们，他们也同时在拯救我。一点一滴地肯定着我存在的必要性。

所以师父去世之后，作为她唯一学生的我，半推半就踏上了儿科的道路。

合同上签好字的时候我认真地想了想要不要买一份意外险，算算似乎挣不够保金不得不作罢。练了几天的跑步，因为没减下去肥也放弃了。

当我真的开始面对一群小萝卜头，内心非常忐忑不安。

不是怕自己医术不行，而是我真的没什么小孩缘。

我听人说小孩子和小动物都会有一种天生的直觉，感觉得出大人是不是喜欢自己。我不喜欢小孩子，所以非常担心。

但我又有一丝侥幸，毕竟我那么喜欢豆哥，但豆哥好像也没啥感觉。

他们的雷达可能时灵时不灵。

2

我最开始去的是最火爆的呼吸科，每天都是春运的那种火爆法。

因为患者入院出院的循环太快，很难记住每一个患者的名字，所以我们提起自己的患者都是，我那个 RSV（呼吸道合胞病毒）怎么能放在你那个金葡菌（金黄色葡萄球菌）隔壁呢？不行我要找护士长换房间。你那个肺链（肺炎链球菌）还没出院？两周了啊！

3

肺炎的小萝卜头们都很讨厌我们。

因为我们不仅擅长使用听诊器和压舌板，还有一项技能就是十秒钟取咽拭子。

过程是先笑眯眯地骗他们张嘴，之后以迅雷不及掩耳的速度，把棉签戳进嘴里在咽壁上刮点分泌物下来。

其实取分泌物一秒就够了，前九秒都用来骗他们张嘴。

如果前八秒都说不通，那么就先拿听诊器再拿出压舌板，总有一样能让他们咧嘴想哭。

4

不过也有喜欢我们的时候。

暑假过去快开学要出院的一群小肺炎，上级查房嘱咐家长这次肺炎蛮严重，天气突然转凉回去最好家里养一周不要出去了。

于是整个早上我们都沐浴在明天就要开学，但暑假作业没写完的萝卜头们狂喜的目光中……

今天我们都是大写加粗的白衣天使

不上学也快补作业好吗

5

我们医院因为医生少，轮换制度严格，所以每个医生都在各个病房轮转过，也都做过住院总医师。

就是说每个人都经历过长达两三年的、苦兮兮的一周七天上班早晚两次查房，给下级的住院医师做监督员顺便收拾烂摊子的日子。

也正因为这样，我们医院医生的感情都很好，病房里转一圈都是带过自己的上级，或者自己带过的下级，要么叫 × 老师，要么叫 × 总（住院总的简称）。我在呼吸科的上上级张总在萝卜头里人气特别高，说明不仅大人会更喜欢好看又聪明的小孩，小孩也一样更喜欢好看又厉害的大人。

科室一个萝卜头是她的小粉丝，经常一脸害羞地躲妈妈身后看张总查房。快出院的时候张总抱着小男孩说："以后要不要和阿姨一样做医生？"

小男孩乖巧地点头。

"那做儿科医生哦。"

小男孩接着点头，然后一脸小激动走了。

我们几个抱着查房本站在后面的下级叹息地摇头，不知道 20 年后他会不会也站在我们站过的地方，一周七天上班一天两次查房，然后明白，漂亮女人的话真的不能听……

6

我们也不是每天都在收患者、查房和写病历之间徘徊，每周有一天是我们业务学习的日子，这一天我们需要提早收完患者查完房写完病历吃完饭。

也就是说，如果其他六天是忙，那么业务学习的那天就是忙 plus。

不过业务学习很有意思，病例讨论完大家就会一起扯点有的没的。

有一次大主任聊起自己的博士们，说医学女博士读出来岁数就蛮大了，很多开始忙孩子，所以临床科室的确存在更愿意要男生的现象。

一个坐在边上年纪不大的女学生小声说那男的生啊。

楼上呼吸二科的男主任严肃地嗯了一声，说如果可以我们还是愿意的。坐在他隔壁的大主任非常肯定地点点头，然后大家开始踊跃地讨论这件事的可行性以及危险性。

喂大佬们你们有点认真啊，我们是呼吸科你们还记得吗？

7

呼吸科轮转出来我去了肾内科，肾内科的小萝卜头们病都差不多，所以我们改用床号来区分。

33 床的 baby 长得特别可爱而且特别爱笑，早上吸了痰自己在床上打嗝，他妈妈嫌打嗝声太有节律了，就丢他个柚子转移注意力。

肾内科的住院总——冯总看到了，说最好不要给他吃水果。

他妈妈 real 淡定地说不给他吃，就是给他玩儿玩儿，啃出点水咂摸咂摸。

我们一群住院医在后面沉默地看着不知道该说些什么。

那个柚子……没……扒……皮……啊……#

8

我院肾内科最多的病是过敏性紫癜，过敏性紫癜会有关节痛的症状，34 床的小萝卜头上了激素后好得很快，后来就每天痛一个地方，就撒娇叫爸爸给他玩手机。

今天疼到了手腕，查房的时候他爸爸严肃地和冯总说了这个问题。冯总笑了笑，说手机太重了，对小孩子腕关节也不太好……

孩子啊，你太年轻

9

25 床小萝卜头被我用过一次压舌板就恨上我了，今天拿仙女棒冲我变变变，我说光变没用，你得说变啥啊。

小姑娘想了想喊变龙！我说你确定吗？她点点头，我说别动，我是龙我要吃你。

小姑娘一脸慌张，我说你听话我就不吃，张嘴。

然后把压舌板戳进去看了眼喉咙。

呵呵跟我斗？小仙女了不起？我是著名小甜甜我说啥了？

10

因为肾内科的病比较单调所以我待的时间也不长，轮换了几个科室之后去了血液肿瘤科。

血液肿瘤科的病，因为病程长，很多孩子都是一年来十几次。我们分管病人是分床位，他们每次来住的都是不同的床位，所以大部分孩子是我们都分管过的，大家就很熟。9床的小萝卜头已经是老油条了，除了腰穿什么也吓不到他。

早上呼喊着要出院回家吃意大利面。宋主任问他意大利面啥样？小萝卜头说一条一条的。宋主任翻个白眼说哪国的面条不是一条条的？整明白再出院。

小萝卜头直接懵了，半天憋出来一句，不愧是读书人，真会讲……

我读的书多我不会骗你

11

第一次跟血液科大主任查房，我还不熟悉病房情况，所以没有负责汇报病例，而是负责递棉签拿污物盒。为了方便我就站在他侧后方很近的地方，他往后一伸手就能拿到。

然而我万万没想到，站得太近了，他没低头没看见我，茫然地找了半天棉签。

对不起主任，我矮我的锅

12

查完房我们例行改医嘱，我们都喜欢改医嘱，因为快点改完就可以占着电脑记病程，电脑真的很珍贵，一个起身可能就属于别人了，毕竟我们都有写不完的病历。

我同事在我旁边写病程，特别忧愁地说诺和平怎么找不到？诺和平？我一抬头，看到他的输入法里“ruoheping”，然后疯狂地按加号……

这是我见到江西人被黑得最惨的一次

13

我和我同事友尽了。

事情是这样的，我床位上 4 个白血病的小萝卜头，因为化疗中性粒细胞掉光了，等于说他们的国家里失去了大部分常备军，一点病毒或者细菌的侵袭就容易丢盔弃甲。

我觉得我同事今天有点咳嗽就不许她靠近我的萝卜头。

然后刚才我出去突然发现，她床位的萝卜头们都绕着我走。问了我另一个同事才知道，上午，她，在我嫌弃过她之后，对她的萝卜头们说，离那个最矮的阿姨远一点，今天她做腰穿。

？？？

可是她床位上并没有萝卜头需要做腰穿啊！而且也不是我做啊！

真是神一样的报复心

14

我和我同事梁子算是结大了。

我根本不知道南方下雨的 6 度什么概念，穿的 T 恤和里面有毛毛的短外套。而我同事，穿着羽绒服微笑着对我说，不愧是东北来的。

我现在靠我二十多年攒下的脂肪，维持着我东北小甜甜的风度。

明天她敢靠近我的萝卜头们一步，呵呵。

这么欺负一个东北同胞你的良心不会痛吗

15

我在这个科室待不下去了。

上午收患者，我收好了去送输血申请单，我另一个同事有点迷茫地站在护士站，看到我一下扑过来，然后又很失望地把我推开说，你没带听诊器。

那语气就像我是个背叛她的渣男，没有带来我的爱。我说那玩意儿太沉了没事儿谁挂着？

她特别沉痛地对我说，反正你也不会长个子了，挂就挂着呗。

？？？

长得矮吃谁家大米了？

16

虽然这个科室的医生办公室生存环境非常恶劣，但是这里的患者家属都很好。

因为一直在这里化疗，所以不仅和我们熟，他们互相也非常熟。

我去找 7 床萝卜头的妈妈补个签字，进去就看她整个人开心地跳起来，瞄到我差点摔了……

8 床妈妈有点尴尬地把她扶起来，数落她，你看你，疯子。

我说你也太开心了吧？

7 床妈妈嘿嘿一声，跟我指指今天回院化疗的 9 床萝卜头他爸，说他可以看俩孩子，我俩就可以去逛逛啦。然后看看我手里的东西说哎呀我们都住了十天了呀！别人都下一个疗程了呢！瞅瞅他儿子哼了一声不屑地说，太不中用了，几个粒细胞都长不起来！

她儿子默默地捂住一半脸

17

9 床的小萝卜头，不是意大利面那位，意大利面早就出院了。是解放了 7 床妈妈去逛街的伟大爸爸的儿子，下午说肚子不舒服，我就拎着听诊器去看，体位摆好我按按小肚子问痛不痛？不理我。

按了半天一句话不说，表情特别坦然。

刚才查房查过去，我说肚子不难受了？他爸说不难受了。

我看他一会儿，问你是不是就想让阿姨给你揉肚子？

萝卜头眯眯眼一笑。

好好好你长得可爱你有理

18

我之前说过，我们每个人都有许多病历要写，写病历是没有止境的，只要有空电脑那随时都要写。

科室里刚来的小妹妹虽然才管一个患者，但也非常认真，写了一下午突然一脸慌张地说，刚写的出院记录点一下不见了，怎么办。我问她保存了吗？她说不是自动保存的吗？一群怪哥哥怪姐姐沉痛地看着她。

你以为是 word ？

节哀顺变吧。

小妹妹瞬间就要哭了，看着她弄了很久的我默默捂脸。

在电脑是最珍贵资源的住院部，随时 F2 是写病历的第一要务，我们居然忘了教她。

19

血液科有一项和别的科都不同的工作，就是看血板。不是有血的板子……而是一个专门打印出来的本，上面有白细胞中性粒细胞红细胞血小板超敏 C 反应蛋白等等主要的指标，我们每天都要把患者们的指标抄下来，这样比较容易一目了然地看出他们的状况。

白细胞低了要打升白针，红细胞低了要输血，血小板低了要打血小板生成素，超敏 C 反应蛋白高了要加抗生素，一个个指标就是一个个孩子生命的起落。

我画了我 1 床 ITP（特发性血小板减少性紫癜）的小萝卜头的血板 17 天，血小板从 7 爬到了 178。7 的时候下了病危，妈妈眼泪就在眼眶里，看着我们到底没落下来。一直很好地控制着情绪，从来不会把恐惧和无奈转移到我们身上。细致地给她解释过这个孩子的情况，解释检查的理由，序贯的治疗，就无奈地摸摸她儿子的头，说怎么就你涨不起啊？

今天终于出院了，临走抱着儿子来跟我告别。

白白嫩嫩干干净净梳着西瓜头的小萝卜头。

挥手和我说谢谢阿姨阿姨再见。

真好。

20

我在血液科待的那么长时间里，11 床的大萝卜头是始终没有换过床位的。从我来这个科他就在。熬走了几轮管床住院医，交接他病历的时候厚的人眼晕。

骨髓移植后他的黏膜被排异反应折磨得异常脆弱，腹泻，便血，反反复复的胃痛和满嘴的溃疡。

我来的时候他还有些重量，而昨天做腰穿的时候，她妈妈一个比我高不了多少的瘦弱女人能自己把他抱上推车，整个人皮包骨头了。

我一开始以为他没有爸爸的，因为快一个月了从没见过。后来同事说他有爸爸，但没时间来。

骨髓移植，化疗，包括他反复感染用无可用的抗生素，都需要钱，大量的钱，他的一支抗生素就小一千，每次配药护士一滴都不舍得浪费，最后剩 10mg，其实已经不到治疗量了，但我们也要配点盐水点掉。

那是钱也是希望。

他妈妈每天陪护不能上班，所以他爸爸，除了正常上班以外，听说还要打工。

给儿子赚命，一条随时有可能输给感染的命。

但很奇怪我并不觉得他可怜。我从来不同情我病房里的萝卜头们，因为无论是他们的家人还是他们自己，都活得无比努力。

生命在时间上有长有短，但在爱因斯坦否定了绝对时间的概念之后，在我们所存在的四维时空中，时间被认为是不能独立于空间存在的。他还在广义相对论中，提出时空中的质量和能量的分布，使时空弯曲，形成了引力。

就像在一块被扯住四个边界的布上放置一个玻璃球，玻璃球的质量越大，对布的弯曲越大。

时空在此受到影响。

而我一厢情愿地认为，对于我的萝卜头们来说，无论是五年十年二十年，我们所感觉到的时间流逝于他们来说是无意义的，他们有着和我们不同的生命质量，无论是身边的人还是无意间踏入他身旁引力场的我们，都会感受到那份重量。

他们是真正和命运抗争的人。

12 床的萝卜头每次大剂量反应都很大，他妈这边心疼掉完眼泪擦干了就回去赚钱，大多时间是外公在陪护，外公年纪大了，所以萝卜头自己清楚他应该吃的所有药每次检查的非正常值和应该叫医生的不适症状，记得每一个管过他的医生的名字，然后查房时候说谢谢你昨天来看我。

他 5 岁多。

我觉得我的萝卜头们长大后一定会特别有出息。他们没对谁低过头，苦难和病痛也不行。

他们的生命有着不同的厚重。

这是与苦难和病痛沉默战斗后的战利品。

21

我把血液科萝卜头们的故事写在了微博上，得到了许多人的关注。

大概是现在的医患关系太过紧张，所以这些很平常的事情反而成了所谓的正能量。微博就像是放大镜，一部分具有超出常人表达能力的人掌握了绝大部分话语权，这部分人的遭遇和关注点，就被许多倍地投射出来。

其实我所描述的是医院里每天都在发生的场景，只是就像人回首过去总会对痛苦印象深刻，那些坏的事情更容易引起人的共鸣和关注，也更容易在社会的发展过程之中留下印痕。

生死疾病痛苦面前，你看到的是一个浓缩了也放大了的社会形态，我喜欢我的萝卜头们，热爱我的工作，但也有疑惑有不解有委屈。

我研一在心血管科的时候，我老师出门诊我就会看病房收患者，有一次她收上来个老太太，一直站在她老头后面不说话，老头从开始态度就很差，那时候恰好医保政策变化，我讲给他，说到交入院费的时候，他突然很激动地说，我交钱！然后是各种不堪入耳的辱骂，我还没反应过来，他举起拐杖就要打我。

科室的一个男老师过来拦下了他，别的学生叫了护士长，护士长带走了他。我打电话给老师，我老师听我讲完，说他在门诊不是这样的，大概他以为我是主管医生，他又改主意不想住院了，所以故意的。

然后护士长直接办了退院给他。

他满意地走了。

中午和我老师一起吃饭，我老师第一次看我难过没安慰我，只是说她也挨过打，被患者一脚踹到了腰上，隔壁的老师有过被医闹堵得不敢出门，跳窗回家。

我老师放了我一下午假。

我坐在床上翻书，明白了我老师真正想告诉我的是什么，她想告诉我，这是现在这个时代做医生一定会遇到的，你必须接受或者忍受。

但她没有办法直接对我说。她没办法同自己还对医生这个职业有梦想的学生说这样的话。

后来我也遇到过类似的事，我叫患者不要这么对我的实习生，被患者的女儿指着鼻子说你怎么跟我爸说话呢，你是医生你就得受着，受不了你别当大夫。

我忍到了回家，因为一点小事和马先生大发脾气，我说过不下去了我要回学校我不想看见你了，他抱着我说你到底受了多大委屈？我趴在他怀里崩溃大哭。

我不只是委屈，我是知道从此以后，我再也不可能像最初一样去对待我的患者了，这并不是我所希望的，但绝不可能了。以后有一天我也会对我的后辈说，你首先要保护好你自己。

在出现疑难危重患者的时候，你想的不能只是救人，还有自保。你病历上的每一条不够严谨的描述，都有可能导致你的科室你的医院赔钱，毁掉你的职业生涯。

而每一个经典的医闹案例过后，医院里就会多出一张知情同意书。

患者会说你们医生就是不想负责任。是啊，生病的是你，我只是治病，我究竟要负到什么程度的责任？

原本应当一起对抗疾病的医生和患者，站在巨大的鸿沟两边互相看着，谁也不敢迈步。坑里堆了太多尸体，但命大家都只有一条。而走到今天互相都有原因也都有理由。

但终究是被时代裹挟着走到了这一天。

停在了这一天。

22

可我还是想向前挣扎挣扎。

我没办法去改变现在的这个时代，可是如果每个人都不试图去改变，那么时代永远都不会变。

所以我不断地在我的微博上试图告诉大家，不是医生都是坏人，只是坏人做了医生，这个世界上还有很多像我和我老师、我师父、我同事们一样的，没有那么伟大但也不坏的，沉默地做着本职工作，遵守着希波克拉底誓言的普通人。

我曾听过一个说法，人生就是大家排队去死的过程，医生的职责只是把插队的人拉出来。

没人能够真正地摆布生死。

有一天一对家长带女儿来看多尿，我说尿常规要做一个，他说我是 ×× 医院（全国前十）泌尿科的，所有常规检查我都做了，全部是好的。

因为我学的是中西医结合，既然检查没问题，那么我只能从传统医学五脏阴阳方面考虑，低头看舌象，摸了下脉，挺典型的肺脾气虚。然后听她爸爸说，过年感冒一次之后就这样了，我翻了下你们中医书，觉得症状很像。

我以为他是对我的诊治有意见，刚想开口，没想到他继续说，我每天看的都是这样的病，一天看几十个，可我女儿我没看了。我当时对着屏幕开药，鼻子一酸。

不做医生的人可能不会了解这种无力感。

我第一次听到类似的话是我老师父亲去世，她亲自停的输液医嘱拔了管子。

太痛了，没办法看他继续痛下去了，生死对于当时的爷爷来说应该都没什么区别，折磨的是还活着的人。

是我老师。

一直到现在，我老师有时还会和我讲，如果当时我没同意他做微创呢？如果当时我干脆就不要让他做手术呢？不动的话肿瘤可能不会进展得那么快，他哪怕再陪我两年呢？

治疗全程我都在，最后也是我拿着所有片子和病例去了北京，早上赶第一班地铁去挂号，一个说没办法就去下一个，北医二院，北医三院，吴阶平泌尿研究所。

那些国内顶级的医生翻着我带过去的资料，仔细地措辞试图选择一个委婉的我能接受的说法。

就像每一次我同患者家属对话时候的样子。

而我也只能把他们的话原样复述给老师，所以我们连被隐瞒、连欺骗自己的权利都没有。我知道她的选择都是对的，膀胱肿瘤切除后的存活率是很高的。是爷爷的病进展太快了。

她从医二十年，救过许多人，但亲手送走奶奶和爷爷。

我们用知识和技术见证很多奇迹。但同时，更多的是无能为力。

你们有的眼泪我们都有。

你们有的无奈我有更多。

所以有时候不得不冷静一点，冷静地去判断，冷静地去思考，当死亡必将来临，我能做什么去延缓，或者用什么样的方式让人更好去接受。

生老病死。

老天注定人会死去，医生争你活命。

争不回来，不是我无情。

23

有人问过我，说患者死了的时候，你们医生会不会难过。

人非草木，生命消逝的过程不是见得多就能当作没有发生，甚至对一些人来说，可能医生是最不希望他死的人，可能有些医生贪财，有些医生脾气差，但没有医生会希望患者死掉。

无论一条生命的表现形式是什么，宇宙演化万万亿年所形成的生命本身就值得被尊重和悼念。

过年的时候我老师对我说，又一个老患者去世了。心血管科的死亡率非常高，有时候中午回来取点东西就听到叫医生，无论是谁的患者，套上白服抓上血压计拽着心电机就冲过去，有的时候救得回来，但大多时候无法干预。

人会死本来也是很正常的事，从这个人来医院，我们分析症状、辅助检查、综合考虑、得出诊断，接下来的治法、预后、教科书和诊疗指南上都有。

但也有没有的。

我第一次因为患者流眼泪，是为我老师管过很多年的一个老太太。

风湿性心脏病，教科书式的二尖瓣狭窄。

非常非常瘦，但很爽利，左心衰端坐呼吸也能坐出女王的气势。病了许多年，每一次来我老师都觉得很险，每一次也都出院了。

因为病痛她很早就开始失眠，老伴每个月拿四个身份证，我们偷偷给他出方开右佐匹克隆。七十多的老爷子，很有文化，脾气永远很好，是我们至今为止唯一的“精方 VIP”。

老爷子照顾了老伴二十多年，从身强体壮变得白发苍苍，后来老伴来住院他也住，这样就不用睡陪床，他的血压特别有规律，老太太稳定他也稳定，老太太病重他就血压高，老太太几点吃什么药他不忘，自己的降压药经常想不起吃。

有一次下班了他坐在办公桌旁边看我补病历，也不知道在和我说，还是在和他自己说，说她那么难受怎么办呢？

我没有办法回答，风心病最好的治法就是换瓣，但目前的技术换瓣的预后不算好，一般都会选择保守治疗。我只好笨拙地转移话题，回答他老爷子你得按时吃药啊，你身体好才能好好照顾老太太。

他说孩子，你还年轻，你不知道……

我当时真的不知道，他说的我所不知道的是什么，我那时候也真的年轻，我觉得有什么不知道的呢？但我还是很难过，我没写完病历就下了班，站在学校教学楼没人的地方，打电话给马先生号啕大哭。

我说他问我怎么办，我没办法啊。

我真的没办法。

我知道她很痛苦，二尖瓣狭窄房颤左心衰肺水肿，她出现的每一个症状我都知道原因，我也知道预后。

我知道她的生命就是风中残烛，对她来说活一天就算赚一天，但多一天也痛一天。

可我没办法啊。

我能做的就是帮她多开点右佐匹克隆。

生死是太自然的事，因为看不得就只能看得淡。

后来我出科了，老太太还是常来住院，一家人和我师弟师妹们也都很熟了。前两年春节前我老师和我说，老太太去世了。来的时候状态就很不好，老太太说再陪他们过个年吧。

年就没过去。

我没说话，多一天痛一天，终于不痛了。

我突然明白了老爷子说我不知道的是什么，他根本也没希望自己长命百岁。

再后来我考执业医师实践技能考，有一站的题目是 X 线，我 X 线一直是弱项，但题目是有关二尖瓣狭窄的影像学表现。老太太的胸片我看过很多，多到难忘。

再再后来我终于学会了看心电图看胸片却没有选择从事心血管，最后做了儿科。

看过了夕阳才会渴望日出。

最后我坚持等到了那个相爱的人。

那个无论这个世界是什么样子，无论世界以何予我，疾病、误解、伤害、痛苦、分离，只要睁开眼看到他，就觉得活着真好的人。

这是他们于教科书，于指南之外，教会我的，我不知道的事。

第八章

愿我是你们一件铠甲

WO KE NENG JIE LE GE JIA HUN

1

毕业之后，我和认识的大部分人交流都靠朋友圈。

我知道我朋友圈大部分人孩子长啥样，周末上啥兴趣班，有没有青梅竹马小伙伴，领导家孩子参加了什么活动得了第几，最近微商流行卖啥。

而我的朋友们，大概知道我啥时候考试，啥时候又考试。杭州降温了，杭州又降温了。马先生怼我了，马先生又怼我了。

但他们永远没办法靠自拍知道我现在长成什么样了。

2

而我的朋友圈之路止于我妈。

我妈学会用微信之后，对我的朋友圈提出了几点指导意见，认为我除了发自拍就是骂男朋友或者被男朋友骂，太

low，不符合她给我的精英医生的人设。

流泪改掉了我那个自己非常喜欢的“腰上拴着豆豆的大爷”的名字之后，我对这个朋友圈绝望了。

然后我把马先生的微信名字改成了“哎哟我老婆怎么那么美”。

愤恨地退出了朋友圈的世界。

3

转战微博之后我改掉了发自拍的习惯，于是我的微博就更简单了。

我要冷死了。

马先生怼我了，马先生又怼我了，我反抗了。

输了。

4

我是没有想到会有人喜欢看我们这种相声日常的。

对我这种长得不好看性格也不好没有一技之长就连吃都吃不下太多的人来说，1 万个粉丝的时候我整个人都惊呆了。惊呆到我居然对我自己没有一技之长这件事感到了羞愧。

不过我的微博会有人看，主要是因为我的好朋友莲子。

莲子是写书里面最会看病的，医生里最会讲故事的，讲故事的人里最会猜高考作文的。

对，去年她吐槽的时候不小心压中了高考作文题。

别说不明真相来围观的网友，完全知道她是瞎猜的我都忍不住在考试之前拜拜她。

考试那么难我有什么办法！

而莲子真的很疼我，我上班挣不了多少钱，写文又写神之冷门，别人最多逆 CP，我逆了性向……

直到她从我屡次三番输了“家庭相声比赛”后的哭诉中看出了我到底擅长什么。

我擅长讲述我是怎么被马先生骂输的。

于是她认为我还是做段子手成功率高点，就辛勤地开始转我微博……

也是为我操碎了一颗心

5

认识莲子的时候，我刚开始在网络上写连载。

马先生非常喜欢玩《英雄联盟》，以前我也喜欢，但我玩得不好就不玩了。

其实他玩得也不好。

但我比他要脸。

我不玩儿以后看他玩儿我就觉得很不爽，于是我就写同人文，把《英雄联盟》里的人物写得特别惨，为广大被游戏抢走男朋友的女性同胞出口气。

莲子看到了我写的连载，觉得我是个可造（？）之材。

于是她告诉我，你在这里写小说的话，起码要学会分段，她看得眼睛都要瞎了。

我们就这样成为了朋友，渐渐变成了彼此生活中不愿意剥离掉的一部分。

6

头几天我在微博上发了两张我染了黄绿色头发扎双马尾的照片。

就是我老师没看住我那一次，缅怀了一下曾经也追赶过时代浪潮的“社会我虫哥”。

效果不是很好，小甜甜人设有点崩塌。

在粉丝们的抨击下我也觉得当年的自己有点脑残，不过最主要的是我没办法证明我现在已经不脑残了。

于是我@了莲子，希望她帮我证明一下，毕竟在浩瀚的虚拟网络世界中，她见过我本人。

这是另外一个故事了，明天再讲。

莫名被我@的莲子在QQ里敲我问，想让她证明啥，我说证明我现在不脑残也不非主流了。

莲子：“噗，你以前，还p图半天，发你喝长岛冰茶的照片，然后你还色素过敏。”

“……”

莲子："为了把眉毛画对称画两小时。"

我："这么多年过去了我画眉的技术也还是没长进啊。"

莲子："你有次眉毛剃多了，拼命倒腾刘海遮住。"

我："原来这么多年我修眉的技术也没有长进啊。不过我脸皮厚了很多，不管是不对称眉毛，还是半截眉毛，我都好意思顶着出门。"

一直到这个时候我还是很乐观的，没有想过莲子跟我说这些到底是个什么意思。

我欢快地跟着她回忆过去，她说你还在空间发说说，什么一个人的夜晚，配图是鸡尾酒。

每次吃了或者喝了颜色特别鲜艳的东西都会引发胃肠道反应的我想了很久，如果我喝了我应该会拉肚子啊？发现还是没有印象，空间翻了一遍也没有。我会做这种事，百分之九十九都是和马先生生了气，但又不好意思直接让他哄我，于是就发这么一个矫情点的说说，意思就是："我都这么伤心了你不觉得你应该来哄我吗？"

一般来说没用，所以用过几次我就换方法了。

没翻到我就说难道我早发现这样很蠢，所以删了？可我为什么不记得？我是不是草履虫？

莲子说那不知道，不过你以前也怀疑过自己是草履虫，所以你到底想让我帮你证明什么呢？

……

不用了，我现在自己也开始怀疑我还是个脑残非主流了。

她说现在应该不是，毕竟头发不是双马尾，是刷子了。

对着镜子看了看我一时冲动、被理发店小哥一剪子下去再也不能直视的头发，有点感谢自己是个草履虫。要不是记性不好，稍微有点羞耻心我都活不到这么大。

所以我到底为什么 @ 她呢？陷入了人生的大迷茫

7

我觉得莲子会把我的黑历史记得这么清楚，肯定是在报复我差点坑了她追的那部小说。

当年我年少气盛，觉得写小说是多容易的一件事啊，不就是把平时吹的牛逼连成串吗。

怎么说呢，我妈以前特烦我有事儿没事儿一直在电脑跟前坐着，开了那个连载之后，我再也不想开电脑了。每次打游戏的时候都会想起，我今天的小说还没有更新。

于是我游戏也戒了。

而且由于中间我还复习考研，导致一年多一个字也没写。莲子偶尔想起来就会 QQ 问候我，到底还写不写，需不需要给我寄炸弹。

为了我宿舍楼里成千上万同学的生命安全，在莲子的鞭策下，我终于写完了人生第一部小说。

虽然因为题材很冷写得也不怎么好，一毛钱都没赚到。

但我赚到了莲子。

8

研究生快毕业找工作那段时间，我发现了她家那边的人民医院在招聘，时间和杭州的招聘会差不多。

参加完杭州的招聘会，我就拎着大箱子去吃她的喝她的睡她了。面试之前她带我去吃了我至今念念不忘的家乡小吃。好吃到什么程度呢，就是面试时候考官看着我的简历，说你黑龙江人啊，为什么到我们这里来？

我特别诚恳地说，你们这里的湖很好看，牛肉面特别好吃，我还有好朋友在这里，我很喜欢这个地方。

晚上回去见到下班的莲子我非常丧气，说面试没过。

作为一个已经上班了的医生前辈，她奇怪地说那个医院要求不高啊，都问你什么了？

听完我一字不落的复述之后莲子目瞪口呆，说你不知道这种问题的标准回答是我男朋友在这里工作所以我要在这里安家吗？

湖很好看？

牛肉面很好吃？

你怕人不知道你来旅游的吗？

……

两个月后我单位面试，领导问了我同样的问题，我回答了莲子的标准答案。

过了。

听人劝，吃饱饭

9

没能留在她家那边工作的我一直对她家乡的小吃念念不忘，说好今年夏天还要去找她吃。她非常开心。以此为理由每天吃四顿饭，说要在我去之前把她们全市好吃的东西都吃一遍，等我去了带我吃。

我并不感动，甚至还有点想哭。

因为她吃不胖。

有一天我俩聊到一半，她突然说要去看看外卖，我说都几点了，她说九点前外卖费不加，点完再聊。又接了句我去玩儿的时候，她能带我吃到十二点，吃到我走不动。我说我一个橄榄球，去过你家回来吃成皮球？

莲子说你意志坚定你可以不吃，看着我吃啊！

？？？？

我意志坚定我还会吃成橄榄球？

她思索了一会儿，也可能是抓紧时间点好了外卖，说也对，自制力在我俩身上得靠钱包余额来体现。

没毛病。

剩五毛我都能买包辣条。

剩两毛她都能炸个脆皮。

可吃完的结果在她身上体现为 170cm，在我身上体现为 170 斤

10

莲子对我人生最大的影响还不是找工作和体重。

我们两个喜欢用 QQ 联系，而手机 QQ 出了一个好友等级，连续聊三天有个小火花，七天是大火花，连续三天是彼此聊得最多的好友会有一艘友谊的小船，连续三十天的话，会有一艘友谊的巨轮。

那时候我和马先生已经结束了异地恋，所以平时和我聊得最多的就是莲子，出现火花的时候我们两个都没有注意，不小心出现小船之后我们就再也不能停下追求巨轮的步伐。

那段时间我还特别忙，经常很晚下班，为了聊出这个巨轮，她每天和别人聊完都会找我硬唠。

而我，

学会了，

一句话，

掰成，

八瓣说。

这本书看到这里大家或许已经发现，我这个毛病在有了巨轮后，也没能改过来。

我的世界没有分段，只有分句

11

和我老师一样，莲子在知道我过年不回家之后，也给我邮寄了很多吃的。一大堆奶棒奶块奶片，真的很多，我吃了俩月没吃完，就拿来一部分给科室里的姐姐哄萝卜头，不哭到她头疼就可以奖励一颗。

姐姐人特别实在，都告诉萝卜头奶片是我的。

我现在已经是萝卜头眼里最漂亮的阿姨了。

在这之前我从来不知道我是一个这么虚荣的人，奶片是谁花钱这件事，将成为我心里永远的秘密。

对不起，阿姨不是什么好人

12

我在我们科室里年龄最小，所以别的同事我都叫姐姐。作为一个初来乍到的外地人，姐姐们都非常照顾我，特别是一个长得很漂亮的姐姐，每天用她的颜值照耀我，极大地提升了我的生活质量。

漂亮姐姐已经结婚了，姐夫是个特种兵。

那段时间宋仲基凭借《太阳的后裔》大火，和宋慧乔同工种不同命的我对特种兵非常有幻想。

姐姐听说后有点沉默，对我说她曾经也有过。结果有一次他们去中山陵迷路了，然后姐夫拿着手机地图带她走了反方向，晚上终于转出来的时候她大怒："你不是扔山里没地图都能自己走出来的吗？"

姐夫非常委屈，说你在我身边我没办法集中注意力。

特种兵，军队里的专业撩妹兵种

13

另一个每天和我待在一起的姐姐就是分奶片给萝卜头的姐姐，她特别瘦。过年科室吃年饭的时候我们很好奇就问她，为什么可以这么瘦，她说可能是因为她挑食。

我说我也挑啊。

主任就问她挑啥。她说不爱吃肉，不爱吃甜食，蛋糕咖啡巧克力都不爱吃，饮料也不喝的，喜欢吃青菜……

哦。

我确实也挑食，特别擅长在一堆青菜里挑肉吃。

没有一斤肉是白长的

14

我们每周都会有一天上瘦瘦姐姐的跟班，有一个小萝卜头虽然才五周岁，但已经是个很有些经验的小模特了。

非常有礼貌，懂事，但不是那种小大人一样的世故，平时的爱好是上兴趣班，妈妈担心他学太多学不精所以不给上太多。

最近在学足球，因为妈妈觉得多运动的话个子会长得快一点，说两个玩儿得好的女孩子都比他高了，而且现在幼儿园里的小孩子也会打架，个子矮了不合适。

听到这里我和瘦瘦的姐姐都很担心他这么可爱会不会被欺负。

他妈妈轻描淡写地说，我和他讲好的，有小朋友打他，还手可以，但不能用他跆拳道课程的踢腿功。我上次陪他考试看他跳起来踢破了木板。

我……

瘦瘦的姐姐……

隔壁的家长……

小模特："妈妈我不会的。"

15

姐姐这里的萝莉也特别可爱。

我第二次上跟班就收到了一份小礼物，一个五岁多的萝莉送我的紫色小星星，贴在了我的胸牌上。

她因为补牙齿很乖所以在口腔科得了两颗星。看到我胸牌有一面粘了贴纸，问我是不是小朋友送的，我说是呀，她说那她也要送我一个。

给我的时候有点心痛，说本来想要回家给妹妹的，给我的是蓝莓和葡萄味儿的，有两个味道，她自己的是粉色的，只有一个味道。

我说你这么好，我用糖（对，还是莲子送我的奶片）跟你换好不好？给你两颗，你一颗妹妹一颗？

她说妹妹还没有牙，不能吃糖。我说那我给你两颗小星星你一颗妹妹一颗好不好？她说妹妹的手也还不能粘贴贴纸。所以阿姨你给我一颗糖就好了，不用两颗。

她一定坚持送我贴纸，是因为她不知道今天我也在这边，来的时候送了一串她自己亲手串的手链给瘦瘦的姐姐，所以也要送一样礼物给我，就把她自己拿到的奖励给我了……

如果真的有天使翅膀，一定长在孩子的身上

16

瘦瘦的姐姐是那种很有爱心感情特别丰沛的人。

怎么说呢，就是我俩都看《追风筝的人》，我看到结尾开始哭，她从中间哭到尾。

她养了一只柯基，小短腿刚来的时候早上四点钟就开始挠门要出去，她和姐夫都很忙，公婆最近在家里帮忙，就把柯基关在了阳台。

柯基非常聪明，知道这个家里最能容忍它的是谁，半夜可怜兮兮地在靠近姐姐房间的那一边轻轻地哼哼。

姐姐仗着身材瘦小，爬小窗放它出来。

17

柯基也是别人不想养了，姐姐觉得可怜买回来的。去取柯基的那天瘦瘦的姐姐很兴奋，我也跟着兴奋。

我："姐！一定要拍视频给我看！"

姐姐："好的好的！我已经把家里所有东西都准备好了！拖鞋啊书啊所有容易撕的东西我也都收了！怕它全咬破！"

我："好的好的！咬的时候姐你记得拍视频给我看！"

姐姐："……"

情商不如狗

18

瘦瘦的姐姐有了柯基之后，说每天晚上她都必须跟着她老公去遛狗。

我问她为啥啊？一个人不就够了吗？她说狗跑得特别快，能伸缩的牵引绳还没到，你姐大太胖了，狗拽不动，对脊椎不好。

养猫的我听得一脸懵逼，心说那她跟着是因为她太瘦，能被柯基拽得飞起来？就听姐姐继续说，我跟着一起遛狗，狗使劲往前跑的时候，我就在你姐夫后面使劲往前推他。

……

莫名地对姐夫涌起了一股同病相怜感

19

在我们一猫一狗的夹击下，漂亮姐姐想养法斗的心每天都在颤抖，但她这几个月一直在装修没办法养。有一次吃饭的时候，漂亮姐姐问瘦瘦的姐姐家用的什么晾衣架，她在纠结买哪一种，升降的还是不升降的。

瘦瘦的姐姐说是不升降的，用晾衣杆。

我说不要买晾衣杆，漂亮姐姐问那你怎么晾？

我说因为没有晾衣杆，我够不到，我老公怕我站凳子摔下来，所以不让我晾，因为不能晾所以我也不用洗衣服。

虽然已经对我的懒有过心理准备，然而姐姐们还是用卧槽这也行你还能有多懒的眼神对我进行了无声的谴责。

怎么说呢，对于一个一辈子都在减肥路上的人来说，脸这种有质量的东西早就被我抛弃了。

可漫漫人生路嘛，总会错几步，喝多了也吐，骑摩托也上树，夜路走多了总会撞鬼。马先生有次加班，我想把豆哥的小毯子和小熊给它洗了，顺便把周末没时间洗的衣服都分类洗掉，然而既晾不上去，也够不下来晾衣杆上已经干了的衣服的我，找了很久，最后撕了个塑料袋把洗好的湿衣服都堆在了上面。

20

隔壁科的姐姐也经常和我们一起吃饭，她们科经常要给小孩子测量身高体重所以有体重秤，叫她吃饭的时候我就顺便称了个体重。

我可能是瞎了。

呆立了很久之后我做了一个重要的决定。

我决定再也不在吃饭之前称体重了。

太 tm 影响胃口了

21

不过我一定要和这个姐姐做好朋友。她真的是个实在人。

称之前先帮我把体重秤消毒然后擦旁边量身高的那一块，抬头正好看见了我的体重。

我俩相对无言，她先打破了沉默，说这个秤啊，她们说……

我说姐你不用安慰我，我能承受的。

她松一口气，她们说这个秤还是挺准的。

姐，不用安慰也不必实话实说的

22

发现又胖了后，我心情非常沉重，发了微信给马先生说我要减肥，中午也没吃米饭，就吃了玉米。

晚上回家打开门看到马先生买了菜花，洗好切好放着等我下班炒，最讨厌吃菜花的我就崩溃了，哭号着我不喜欢吃菜花，我中午都没吃饱你还给我吃菜花。马先生说你不能挑食啊，你看你说减肥我还特意给你煮了棒棒呢，我心想啥棒棒？

马先生献宝一样端给我看他煮了一个小时的，玉米棒棒。

这人接受默契的天线是不是插到屁股上了？

23

杭州今天下雨了，我的伞还是我老师在哈尔滨给我的那一把，两个人打有点小。

马先生使劲扳我的肩膀，把我斜着扳成了大概原来三分之二粗，说这样就淋不到了。

然后发现我眼神凶狠，解释说并没有暗示什么。

我当然明白啦。

就是希望我买把更大的伞呗。

或者你换个更瘦的老婆

24

我可能真的需要减肥了，我侧躺着，豆哥稳稳地把它的大屁股坐在了我的腰上，趴了下来。

横躺是双猫床，侧躺是单猫床……#

25

和马先生回家的时候，等电梯看到一个妹子腿特别细，比我胳膊都细。马先生小声问我，羡慕吗？我没回答。

然后等妹子先下去之后，我特别认真地看着他，说可羡慕了。马先生刚笑出来，我就继续说，所以你给我买她那个包吧。

你笑啊你继续笑啊哭啥啊

26

不减肥了，放心了。

马先生的腿比我的腿还细豆哥也趴得住，我为什么要为我的腰而羞愧。

我根本也没有腰啊！

27

刚和马先生谈恋爱的时候我还是有腰的。不过我是非常容易胖的体质，有个词叫不进则退，我是不减就肥。所以上了大学比较有了点女孩子的自觉后，我不是正在减肥，就是在通往减肥的路上，虽然还是没瘦下来，但也没胖到活不下去。

直到每天跟我老师待在一起，我开始很难瘦，她吃饭非常快，吃完就看着我吃，她总怕我吃不饱，最喜欢看我把剩下的东西都吃光，我一号称减肥她就带我吃好吃的，怕我瘦下来我爸妈觉得她对我不好。

这种状况一直到我有了个比我吃饭还慢的师弟后才改善。

然后马先生来了。

怎么说呢，在减肥这条路上，有人走向了成功，有人学会了修图。

虽然长得丑，可我手机里的修图 APP 可不是吃素的！

28

我觉得我减肥没有成功，是因为减肥这条路有点漫长和遥远，但只要不放弃……

算了不说了。

还在东北的时候，我姐和朱小豆都对我说来南方吧，一定会瘦的。

我来了之后和马先生一起去我姐家，我姐提起这个就问我说是不是？她中午就没吃饭，天这么热根本没有胃口。而我和马先生异口同声，不会啊。

我姐："……"

怎么说呢，别人到南方都学会了苦夏没胃口，而我，我学会了吃夜宵

29

朱小豆对我来到南方还不断发胖的事实感到不解。

我们是本科时代最好的朋友，毕业了之后就再没有见过，听说我有想来杭州的心思，她就开始不断地诱惑我。

用她的大长腿，又长又直。

大学的时候，只要朱小豆不讲，没人相信她是个江南女孩，168cm 的个子，100cm 的腿，字正腔圆的普通话，洒脱的性格。在东北待了五年，带着跟我学会的国骂和东北大盘菜养出来的肉回到了浙江，不开口怎么看怎么都是个东北大妞，开口就不像了，非常怂。

回到江南之后她迅速地瘦了下来，苦夏是一个原因，做医生累也是一个原因，还有一个原因是失恋。

大学时候的朱小豆还没谈过恋爱，但 real 不纯情，我们本科的专业是妇儿，所以经常以探讨专业为名观看一些人体艺术片，苍老师、小泽老师、武藤老师，我们也是非常尊敬的，但碍于资源限制，只观赏过苍老师的大作。

不过朱小豆虽然不纯情，但真的是个传统意义上的好姑娘，身高腿长屁股翘，文能寒窗苦学医，武能扛着我的大箱子爬楼梯。除了对我不太善良，别的都特别好。

再有就是她对女生的迷之吸引力。去年年初跟我说她有男朋友了，我和她爸都长出一口气，不是担心她注孤生，而是担心我另一个本科室友会不会被她掰弯。当年她们光棍节非要喝酒，那个室友是第一次喝，乱七八糟地喝断片了，朱小豆的外公是酒精中毒去世的，她担忧地守了一宿。半夜室友醒酒了看到她……

作为一个医学生，我第一次知道人也有印随行为（一些刚孵化出来不久的幼鸟和刚生下来的哺乳动物学着认识并跟随着它们所见到的第一个移动的物体，通常是它们的母亲，这就是印随行为。印随行为一般在动物刚刚孵化或出生后发生。如刚孵化的小天鹅如果没有母天鹅，就会跟着人或其他行动目标走）。

但还好朱小豆是笔直笔直的，毕业回家不久就交了男朋友，朱小豆不是喜欢聊家常的性格，所以我对她男友的了解也不多，她隐约和我说过不知道他为什么从来不介绍同事朋友给她认识，我觉得有点不靠谱，嘱咐了两句也没多想。

直到马先生去哈尔滨，我压力比较大的那几天，我刚打电话给我老师哭完，就接到了她的电话号啕大哭说分手了。我心里咯噔一下想说真的出轨了？朱小豆抽抽嗒嗒地说，他结婚了。原来前男友追求她的时候就有女朋友，踩着朱小豆这条船冲着那条船求婚成功了。然而也没有和她分手，最后两个姑娘在他微信里互相发现了，而且还有第三个。

没什么恋爱经验的朱小豆傻掉了，犹疑不舍但还是给了渣男两巴掌当机立断分了手。

我好好劝慰了一番，又觉得自己说的都是废话，我不是她，怎么能切身体会到第一次谈恋爱，对爱情充满希望和幻想的朱小豆到底有多绝望和悲伤呢？我只觉得生活真不公平，努力活着的人总是受苦，投机取巧的人往往过得舒服，老人总说好人有好报，又说祸害遗千年。社会的热点天天换，一个比一个让人觉得这个世道太坏了。

直到过了两天朱小豆又打电话来，跟我说她像做梦一样。

听完这个梦我也傻掉了。

前男友老婆闹离婚，发现他有两张身份证，年龄什么的是造假的，连上门提亲的那个爹都是假的，他父母拒不认账，表示谁提的亲谁负责，我们儿子那么小你骗婚的吧？

全场懵逼 .jpg

老婆的父母哥哥全都炸了，双方撕得不可开交，朱小豆夹在中间心惊胆战地过了一阵，最后反而变成了吃瓜群众。

我们想了很多报复计划，往他车里倒臭豆腐汁，把他电话贴约炮论坛，找人套他麻袋。

最后都没实施。

他老婆怀孕了。那个故事变得和我们毫无关系，一地的鸡毛然而有安葬权利的人却不是朱小豆。她没再计较什么，有了新的体贴帅气的男朋友，她家离杭州很近，我非要参加杭州的招聘会也是为了找机会看望她。她看起来好了，就是再爱的时候谨慎很多。虽然习惯性的一往无前，但偶尔安静时候还是会恐惧疑惑。这件事停在这里似乎也没什么不好。

但是前两天，朱小豆突然暗搓搓地跟我说有点事不知当不当开心。我哎哟一声然后问，渣男死了？朱小豆失望地说还没有，然后发给我两张短信截图。

他妈，就是当年撕逼起来虎虎生风，在朱小豆给她儿子嘴巴子的时候一巴掌能把她掀出去的牛逼老太太，得了脑胶质瘤，他灰溜溜地来找现今在肿瘤科的朱小豆问她们主任能不能看。朱小豆没说什么告诉了他门诊时间。

我沉默了一会儿问，这回是真妈吧？

朱小豆也沉默了一会儿回我应该吧，我俩研究了一下觉得还是有可信度的，脑胶质瘤外行人一般编不出来。

我们都是凡人，幸灾乐祸多少有点，不希望她送命，但也要吃些苦头，才会让我们这些本分老实的人觉得这个世界还是有因果的。

那之后我发觉有些事可以不要定论得那么快，也不要失望得那么早，安安心心地努力活着，活久一点，活快乐一点，活真诚一点，这样才不会在偶尔倒霉的时候，听到的都是他人的笑声，说你罪有应得。

30

虽然后来我定居了杭州，和朱小豆只有一小时高铁距离，但我们很难见到面，甚至我们的聊天也和别的行业不太一样。

我问她周末啥班，她说夜班，我说我坐高铁去帮你理理病历？她很心酸地说不用了，我加班理完了，我下周三订婚，到现在衣服和金器还没时间买。

我沉默了一会儿爆发了，手机都快戳漏了，问她是人吗？不挑周末我怎么去？我过年都不回家也只攒了三天假，过户一天你订婚一天，这个年算是白干了，我想攒了结婚的。

朱小豆更辛酸了，说我不也得串班吗？花几大百找人算的日子，要不你别来了，我也没时间大办，订婚而已就找了几个亲戚。

我说一个朋友也没叫啊？她说没。

我抑郁地说那我不去了，你们说话我听不懂，你们的方言就是外星语。

朱小豆突然开心了，说哎呀你放心，就算结婚的时候请了朋友，我们还是说方言。

谢谢你啊我的礼金和假期这下全省了

31

最终我还是没去她的订婚宴，我们是同一类人，是两个既没有浪漫也没有仪式感的干巴女孩，既然决定了要和一个人度过一生，那中间的所有都只是过程，不需要证明和祝福也不需要回忆和怀念。我至今懒得办婚宴，她订婚也只是匆忙地和双方家人吃了一顿饭，第二天还要继续上班。

虽然没有去，但我还是不可避免地有一点伤感，我自己结婚的时候都没有觉得我已经是个已婚少女了，可朱小豆订婚却让我有了切实的时间流逝感。

唉，她老了。

32

我们认识快十年了。

第一次见面是在大学开学第一天，对彼此都没什么太好的印象，她觉得我不怎么好相处，我只记得她露个特别大的大额头。

这人特怂。将近一米七的大个，从来不愿意跟人冲突，我虽然脾气暴躁，但真的会当面和人过不去的时候也不多，大学几年基本都是因为她。我们宿舍的网络出问题，我和负责的人在宿舍吵架，她蹲在被子里偷眼看，又害怕又担心我吃亏。自己受了委屈从来不说，站在走廊尽头对着窗子哭，不然就出去学习，大半夜再回来，像个受气的小媳妇，我看不过去，她不回来我就找茬欺负回去，把一个室友气得肺通气过度（她自己哭抽抽的），另一个室友气得跳脚在门口骂我，我没怎么还嘴。

因为她们几个的脏话都是我教的。

这人特欠，窝里横，知道我脾气不好，但也知道我惯着她，一张嘴就对我毒，一个胖字一个矮字能让她说得翻出花来。我大老远去看她，冬天的晚上血流成河地站大街上看她和男朋友生气，就因为晚上吃啥。从没遭过这种罪的我第二天收拾东西就走了。她上班没时间送我，但也内疚，悄悄咪咪地哄我，我气了好几天，又觉得没意思。

我又不可能真的怪她，她是我唯一的朱小豆啊。

我方剂考 6 分的那一年，一眼书不看，没遇到马先生的我，性格远比现在恶劣得多，班级里朋友不多，失恋了也不想出门，谁劝我也听不进去。只有她神秘兮兮跟我讲你知道吗，咱们学校挂四科降级。我也是跪着考过了两科之后才知道，是补考也不过才降。

而我补考用的笔记也是她的。

考研的时候她特别认真地跟我说我每天早上就叫你一次，你不起来我就走。中医考研要背的东西特别多，半年的时间我就跟在她后面在走廊里走来走去，几个人连成一辆背书小火车。我刚上班不想找爸妈拿房租，马先生的钱我公婆帮忙存了定期留着买房，我们也不想动用，她二话不说打钱给我，还问够不够。我毕业猫不能带回家，马先生提前一个月去杭州熟悉一下，住公司宿舍也不可能带着它，最后决定把豆哥托运过去，千里迢迢从哈尔滨空运到杭州，杭州限外地牌照，她请假坐大巴去杭州取，颠簸了一整天。她男朋友那时候还给她讨了一只泰迪串儿，还没有豆哥大，正是活泼的时候，每天都想和豆哥玩儿，豆哥不愿意和它玩儿，它就追在屁股后把豆哥撵得下不了床。

豆哥每天非常辛苦，吃饭睡觉揍泰迪。

泰迪每天也非常辛苦，吃饭吃饭撵豆哥，还有遍地拉屎。

朱小豆更辛苦，吃饭擦地扫猫毛。

她说她是全市最勤奋的女孩子，一天擦五遍地，洗一遍狗，豆哥虽然自己可以洗脸，但每天跟一只屎泰迪待在一起，略有小洁癖的朱小豆世界观不断地崩塌再重组。豆哥调皮从厕所窗子跳出去，她下夜班发着烧牵狗出去找，怕豆哥回来晚上也不关门，吓得一晚上不敢睡。

我抱着她号啕大哭过。

也听她在电话里泣不成声。

我们互相出馊主意，都希望自己吃过的苦对方不要再受。

本科毕业那天她把我巨大的箱子从五楼扛下来寄存在同学的出租屋，我要读研，她回家。我去送站，她站在窗口看我在外面哭，然后打电话说，你知道吗车厢里的人都在看你，你哭得好傻逼啊……

后来硕士毕业我也来了浙江。

她妈妈跟我讲，她家就是我家，等我生孩子的时候，煮黄酒鸡蛋给我。她妹妹也叫我姐姐。

对了，豆哥之所以叫豆豆，是因为她大学的绰号就叫豆豆。

她要嫁人了。

那个男人上辈子一定拯救了银河系。

但我仍旧希望我是你的一件铠甲，就算世界对你举起刀枪，我做你心口最后的屏障

第九章

我一定结了个假婚

WO KE NENG JIE LE GE JIA HUN

1

我在微博上发上一段文章的时候，很多人看完了问我你们是不是相爱了，在一起算了。我哈哈哈哈哈然后截图给朱小豆，朱小豆看完之后沉默了一会儿，说虫啊，我知道你爱我，可是……

可是你妹。

发出去的微博犹如难收的覆水，但我真的很想收回来。

不过我喜欢的人真的有某种程度的迷之相似，比如朱小豆和马先生都很瘦，腿都蛮长，屁股都很翘，脸都很大，都很闷骚，都特别贱。

特别贱。

2

马先生也是熟悉朱小豆的，虽然见面不多。他去哈尔滨的时候朱小豆已经毕业走了，但这两个人在我的描述里神交已久，马先生一直很遗憾说没有见过朱小豆的未婚夫，他应该帮忙看看，别再被骗了，男人更了解男人，他一眼就能看出可靠不可靠。

我翻了翻白眼，只要他是真的想和朱小豆好好地把一生走完，能不能靠得住又有什么重要呢？像我们这样的女孩子，赚得了钱吃得了苦搬得动箱子换得了水桶，又哪里是需要依靠别人的呢？

只是遇见了这么一个人，和他在一起比自己一个人待着更开心，生活难免会有时候感到孤独和痛苦，转头看到另一个人，觉得哪怕孤独又痛苦，也还想继续牵着他活下去。

只是这些心情当然不能同马先生讲，他一定会骄傲的，他有一百种夸赞自己的方法，试图让我知道我到他是我一生最大的幸运。

当然是。

但我不要告诉他。

我说哟那您怎么不帮我好好掌掌眼？他说我这不帮你找到我了吗？敢说找得不好？你跟我在一起之后考什么没过？我说那跟你有什么关系，是我自己努力。

他哼了一声说那以前怎么不努力呢？

我笑眯眯地回他，以前觉得谈恋爱太有意思了谁学习啊，直到找了你我才发现。

还是学习有意思。

嘿呀，别哭呀

3

朱小豆快要订婚的时候，我另一个本科室友怀孕四个月要办婚礼了。

我同马先生讲，他正在打游戏随口说这么快啊。我说是啊，谁像你啊恋爱谈那么久结不了婚，和你弟弟一起成为十里八乡唯二的两个大龄未婚男青年。

老婆，马先生转过头打断我，咱结婚了。

……

因为他一直在国外，我也没有毕业，我们两个属于互相蹉跎，但他比我大三岁，所以都是我嘲讽他，嘲笑的年头太多一时难以改正，真是有点不太好意思呢。

4

我确实不太习惯我结婚了这件事。

和马先生恋爱六年从没闹过分手，不是因为感情好，而是我们两个都很爱面子，说了就覆水难收，谁也不会跪地求饶。但真的很生气的时候怎么办呢？我就会跟他说，妈的离婚吧不过了。

他从来懒得理我。

直到上次我不高兴又脱口而出。

马先生认认真真看我，你知道你在说什么吗老婆？

……

卧槽大事不好这回真能离了

5

有妹子说感觉我和马先生感情特别好，她和她男友总吵架，问我有没有什么好办法。

有啊，男朋友不听话，揍一顿就好了，爱情里没有一顿胖揍解决不了的问题，如果有，那就再揍一顿。

6

开玩笑的，我哪儿打得过马先生啊，他胜负心很重的。

今天给豆哥换猫砂，猫砂盆洗好了猫砂倒好了，他不想刷猫砂铲就在那里磕磕磕，然后用手不知道拿个什么下来。

我看得一脸震惊。我说你还能更恶心点吗？

他没说话。做了个用舌头舔的动作。

这种事赢了又怎样？你告诉我能怎样？！！

7

所以我们两个斗嘴，斗十次我要输八次，他在怼我这件事上有着非同凡响的天赋，更主要的是，我的弱点太明显了。

我矮矬胖懒得太明显了，肉眼可见，无法反驳。

8

马先生抓我弱点一抓一个准。

早上问我知不知道昨晚被子盖横了，我说不知道啊没发现，他撇撇嘴，说人长得短真好。我说你说啥？他可能怕我听不清，大声且清晰地冲我说，人短真好。

冷漠微笑 .jpg，就你不短？我短无所谓你短能抬头？

9

我嘴唇特别容易干，然后我还懒，买很多唇膏也不涂，买维生素也不吃。马先生经常看不过去，今天我回来就很嫌弃地说你嘴唇干得像假的一样。

我说你可能是娶了个假老婆。

他说对，还漏气呢，快漏气啊怎么还不漏气我天天做梦都想着我老婆漏气了……然后戳了一下我腰上的肉。

滚就一个字，我只说一次

10

本来就容易干的嘴唇被萝卜头传染了口唇炎后，下唇起泡化脓流了两天的血，但这并不影响说相声。

晚上马先生气势汹汹地说要再战《英雄联盟》排位赛。他的游戏技术怎么说呢，青铜的运气，白银的技术，黄金的意识，钻石的嘴。

我欲言又止，他说是不是觉得我不怕挫折？勇往直前？我呵呵两声，真诚回答，您呐，没皮没脸。

然后马先生转过头，视线落在我结痂的嘴唇上看了一会儿，捂住了胸口，一副很心疼的样子。

我就有点内疚了，虽然他游戏打得不好，可是他是我老公啊！

然后他捂着胸口冲着我干呕了几声。

我一拳打开了天化身为龙！

11

不过跟懒和短相比，胖才是我人生最大的坎。我减不下来肥没有什么太多的无奈，纯粹是因为我对自己太好了。我妈每次打电话给我，听我说最近多辛苦，都会期待地问一句那你累瘦了吗？

我一脸不可思议地说我那么辛苦当然要多吃点。

我妈说那你瘦了吗？

我说我都那么辛苦了我多吃点有错吗?

我妈说那你瘦了吗?

我说都怪小马，本来我们下班就晚，他还老做那么多好吃的，你说他做得那么辛苦我怎么能不吃呢?

我妈说你又胖了吧。

嗯。

我妈说你还能穿上婚纱吗?

妈我有电话进来了啊是我们主任不跟你说了啊你注意身体么么哒。

穿什么婚纱，治疗我都早放弃了

12

完全放弃治疗后，马先生对我进行了惨无人道的打击。

还没结婚的时候，有一次我买了件黑色毛衣裙，他啪啪鼓掌说终于买了件合身的，以后就这么买，显瘦。我犹豫了一会儿分不出他到底是不是在夸我，就试探地问他我最近到底胖到什么程度了?我自己感觉不到呢?

马先生想了下，说睡觉时以前像抱个儿童游泳圈，现在是成人的了。说完一脸求表扬，问我是不是特别生动形象。

可能我们的缘分只能在一张床，不能进一个户口本

13

那之后我说话开始变得小心起来，在马先生说我肚子上游泳圈没了的时候，先发制人地回答，变成了皮筏艇对吗？

没想到他说怎么会呢？

是备用胎。

充满了气非常坚实的那一种，

吉普车的备用胎。

谢谢您哦，我们 90 后只认识 SUV#

14

月末马先生没流量了，坐地铁无聊就删相册里没用的照片，我看了半天，都是猫猫猫猫猫，我说我呢？他有点尴尬，说我从后往前删的，一会儿就有了，又滑过去几百张。

“我呢？给猫当背景的胳膊腿不算。”

“一会儿就有了，你看这都是你拍的猫。”

又翻了半天终于有我了。我才想起来他用的手机原来是我的，里面我的照片都是我自己拍的，丫从来没拍过我！然后翻到我研一的自拍，马先生叹息一声说那时候还是瘦点的，我说没多大区别吧，心想秤我都没买，有我也不承认啊。

他特别认真地看着我说，有的，老婆，我天天搂着我还不知道吗。

……

回家，哪都不去了。

15

说起照片，有一天我和马先生斗嘴的时候，我说关注我的小可爱们如果知道你长这样，我肯定粉丝掉光。

马先生冷笑一声说她们不见得知道我长什么样，但我同事要知道你长什么样估计会以为我换了个老婆。

我看着朋友圈里的我默默不说话

16

马先生经常吐槽我把美颜相机拍的照片发在朋友圈。

今年他突然被拉进了一个小学同学群，一进群就因为与众不同的微信名遭到了围观。

他的微信名叫“我老婆咋那么美”，我都记不清我啥时候改的了。

同学们多年不见互相记得也不咋清楚，但大家都非常客气。同学 A：“马 ×× 的老婆长得一定很漂亮。”同学们纷纷附和，对他未曾谋面的老婆长相进行了非常朴实的赞扬。马先生看着群里的讨论，一直都没有说话，最后绝望地看了我一眼，我感觉可能这辈子我都没办法跟他回老家了。

17

我自己瘦不下来，但我特别喜欢瘦瘦的女孩子，也不能这么说，我喜欢看一切好看的女孩子。

昨天我们两个出地铁，旁边有个长得很精致的女孩，我一路都在偷看。出来的时候用手比了比自己的脸，叹一口气说真是巴掌脸啊。

马先生可能想安慰我，就拿出他的手在我脸上比了一下说，老婆你的脸也是巴……

然后他愣了，又比了一下。

试探地接……八爪鱼？

老子八条腿轮番抽死你

18

我很喜欢坐地铁，因为附近的地铁站经常能看到很多好看的女孩子。

有一次进站下楼梯的时候，前面的女孩子整个靠在她男朋友身上，马先生默默地说了句，这怎么走路啊，很危险的。我一歪身子也靠过去，说愣家也不会走路了啦，肿么办了啦。

他把肩膀撤回去认真地对我说。

摔两次就会了。

你把头伸过来，我肯定砸不死你

19

马先生上班不用坐地铁，所以我们两个第一次一起坐地铁是去西湖。那是 G20 之后的国庆节假期，杭州从天堂成为了北京火车站。来了之后还没去看过西湖的马先生硬拉着我挤地铁去看。地铁门开关一次的感觉，就和按下抽水马桶差不多。

我不得不紧紧地抓着马先生，而马先生一脸正直地看着我："你谁啊？小姐请自重。"

……

"姐夫。"

我一边叫一边伸手摸："姐夫……姐夫你别这样姐夫……"

后面的妹子惊悚地转过头看了眼我们。而我仿佛看到一条热门微博冉冉升起。

"杭州的妹子，老公 178，黑偏瘦，穿绿色短裤灰色 T 恤人字拖，妹妹矮矬胖，中长发黑色 T 恤。你的老公和你的妹妹下午 5 点在地铁 1 号线上打情骂俏。"

真对不起啊妹子，人生如戏，千万不要轻易相信陌生人。

20

我们两个没怎么看得到西湖，因为放眼望去，就是人人人人人人人人人。

无处下脚的我被马先生拽到小路上，我才发现全世界的男人们似乎都有一种神奇的魔力，他们能在一个完全陌生的地方找到偏僻的小路和小树林，放眼望去，从从从从从从从从从。

马先生一身老干部正气，说现在的小孩，搂搂抱抱的干啥！然后回头看我，来老婆亲一个。

我有点不好意思地把他推开，别闹，今天口红挺贵的…

没错，自从上了班，为了多睡一会儿脸都可以不要的我，终于出一次门，整个下午都在化妆。为了对得起我的彩妆钱，昏暗的傍晚硬是在湖边疯狂地凹造型。而马先生这个毒瘤全程叉腰对着断桥吐槽，这些人都来看啥？全是人有啥好看的？

天太黑了，我自拍十张得糊八张，一边挑一边说，是啊，没啥好看的，不过这些大老远过来看人的顶多算是没事闲的，像我俩这种特意过来看到底有多少人的，简直就是傻。哦不，为了对得起我的妆我至少自拍了，你来噶哈？

马先生不理我，而我挑来挑去还是糊的更好看。花了半个小时把模糊的脸和脖子都往里推了推，又看了三十秒背景马先生有没有被我推歪。

真是毫无 PS 痕迹。

捡出一张发朋友圈，写上“欲把西湖比西子，淡妆浓抹总相宜”，看了一会儿，MD 太黑了看不清。删了又写“西湖的水，我的泪”。

啊感觉要唱了起来。抬头看一眼断桥，又删掉，写上“啊西湖，全是水，啊断桥，全是腿”。

真是毫无装逼痕迹。

21

说起地铁还有一件事。

我刚来杭州的时候，马先生对我说，回家的地铁有两条支线，你不要坐错了。

我说你当我傻啊？

我真傻。傻了一次一次又一次。

风真冷，脸真疼

22

但这件事我没有和马先生讲，因为他记性特别好，我都没有忘记我说的话他更不会忘记的。

1 号线的支线一个是去下沙江滨，另一个是去临平，我们两个住在下沙江滨，头几天有事情要去一趟临平。

坐在地铁上看到从乔司南到乔司中间好长，马先生数数说有七个点呀，我说是啊，我去过一次可 tm 远了呢。

他看了看我，说我没去过，你去干啥呀？我说溜达溜达。

他说你啥时候去的呀。我说就是有一次晚上回家晚了就

是去那了。

他说好玩儿吗？我说还行吧。

他说你怎么不干脆去临平呢？我说你当我傻啊到乔司就发现坐错了还要去临平？

不不不主要是当时觉得乔司就挺好溜达的了，我没坐错

第十章

她们教会我的

WO KE NENG JIE LE GE JIA HUN

1

我的方向感特别差，东南西北上下左右我只能分得清楚上下，有时候实在不知道怎么和患者描述做检查的地方，又怕自己指错路，就会投机取巧，叫他们在门诊找穿白大褂的问一下。

刚刚我穿着白大褂下楼办事，碰到了我在楼下做检查找不到地方的患者。

她看到我仿佛看到救世主。

而我只听见自己人设崩塌的轰然巨响。

医生，医生也不是万能的啊嘤嘤嘤

2

有没有什么药能治方向感不好的。

我第一次去会诊的时候，背了好半天的类似于什么谢邀啊详悉啊之类的礼貌用语。漂亮姐姐有点不放心，我好一顿拍胸脯说不会有事的。结果刚出门去找工作人员电梯就迷路了。那个电梯藏在一堆检验中心里，我好不容易找到了，目送电梯上去。

世界上最遥远的距离就是住院处的 1 楼跟 20 楼，不扯，真的。幸好我这次只要上九楼就好。

然后我为了赶时间，心一横爬了上去。呼哧呼哧的，这回详悉也没忘谢邀也没忘，飞速开好医嘱奔下了九楼想起来用工号开完药忘退出登录了。

尼玛。

3

我这种人就不配去别的楼层会诊，这一次路找到了，电梯等到了，工号也下了，病史详悉谢邀都没忘。

下来忘记按楼层，又尼玛走上来的。

我怀疑这医院用蜜汁格局迫害员工

4

马先生的方向感比我强点，大多数时候能找到，但那时候几年没回家过年，小马先生带他去亲戚家玩儿，晚上回家的时候他还是迷茫了。

他们村近几年都盖了新房子，他找不到家了。这件事我嘲笑了他一年。

第二年我走过了自己家小区被我爸逮到，他问我干吗去，大过年的啥店都没开门，我编了一会儿没编出来理由只好承认了。

人生在世总有些事会不太擅长。比如下周就要装修了，工人问我们家在哪儿，我俩合计了一下说回去看看合同。

5

方向感不好这件事对当年在心血管内科需要给病人做心电图的我来说特别残忍，因为左右手左右脚的电极是不一样的。但我有我的笨办法，和患者站在一个方向，然后握住自己的右手，就从来都没有出错。

有一次和研究生同学聊起来我就得意地说了出来，没想到他缓慢地看了我一眼静静地说，我都让患者把右手举起来。

感觉被点燃了一盏指路明灯

但又觉得不能和他玩儿了，他比我聪明太多了

6

学医对我的生活影响还是很大的。比如经常有人问我说你们医生写的那个字你们是怎么认出来的，还有人拍了自己医生写的病历给我看，然后我在我的微博上做出了我有生以来最严肃的声明。

一个医生在病历本上画的圈是他人生的积累和对生活的感悟。

不要让另一个医生试图去猜。

她猜不出来。

不是我们不认真，而是一天 100+ 患者的时候真的没办法一笔一画地写，我自己也很懊恼。

因为签名太潦草打扫的阿姨认不出，我上班仅半年丢了三件白大褂。

再比如我领证那天我小妹留言对我说手比心。而我当时回了什么呢……我说对方接住了你的手比心并做了个心电图送给你。

我可能是有病

7

马先生和我在一起久了，也是有点道行的，我每天待在医院里，但特别不喜欢吃药，晚上不舒服，马先生看看我肯定地说我感冒了。

我：“不可能！鼻炎！”

马先生：“感冒了，吃药吧。”

我：“不吃！鼻炎！”

马先生：“讳疾忌医。”

我："呸！"

早上起来感觉了一下。

草泥马，倒在了南方的寒流中。

我是医生我不承认我有病我就没病！

8

有一次我发了条微博不小心转发过万，被骂得睡不着，就趴在马先生胸口，以为会得到心灵上的平静，没想到脑子不自觉地跟着他心脏跳动的声音 S1S2S1S2，二三尖瓣关闭了，主肺动脉瓣关闭了，二三尖瓣关闭了，主肺动脉瓣关闭了，心室收缩了心室舒张了心室又收缩了心室又舒张了，二肺主主二三，血府逐瘀生地黄……本来快睡着了结果自己气醒了。

下一句想不起来了，听诊器也没拿

9

这种事在快要考试了，我疯狂刷教科书的时候发生得更为频繁。

有一次做梦给人做了个冠脉造影，然后被豆哥扑腾醒了。迷迷糊糊地想回旋支堵了 95% 了，我梦里居然还在帮人买阿托伐他汀呢。

不行我得继续睡去给他放支架。

救人一命胜造七级浮屠。

10

没续上。

确切地说是没再睡好。

豆哥钻进被子一直踹我胸。

我现在怀疑那个心绞痛的人其实就是我自己，放开那盒立普妥，放开那盒阿斯匹林。

让我来。

11

我还梦见过依旧在上学，全班玩儿一个游戏，规定时间出去买东西，不管是什么，拿回来看谁的数量多，可以互相争抢。

然后，我，买了许多成袋的针灸针，塞在了内衣里。众目睽睽下掏出来，一袋一袋撕开数。

数了一宿。

12

提起上学就不得不再提起刘无敌，就是和我一起找地儿烧烤晒成非洲人的那位。本科毕业的时候朱小豆走了，没剩下几个朋友，研究生大家都忙着跟导师实习，别说烧烤，就连吃顿饭我们都经常互相放鸽子。我在心血管科尤其没有信誉，有一次和她们约好了唱歌，结果一清早有个重患来住院，我赶到医院和我老师一起处理完，我老师又把我送到 KTV，我早饭也没吃，就在旁边的饺子馆打包饺子带进 KTV。

KTV 是不允许外带食物的，小哥刚进来想收走，看到吃饺子吃得满嘴油光的我和刘无敌……

目瞪口呆地走了。

那是我记忆里最好吃的饺子。

13

刘无敌真的是个非常神奇的人，不只是性格神奇让人捉摸不透，她的幸运值也一直让我们惊叹不已。

考研究生除了实力之外，运气也很重要，这个运气主要体现在报考方向的选择上。热门的专业热门的导师肯定分数会高一点，而一旦没有考上需要调剂的时候，就只能看命了。

所以我们对于报考这件事非常慎重。

刘无敌当时兴致缺缺，她已经在找工作，就是随便考考。

我们那时候的考研报考分两个部分，第一个部分是在网上报，你可以用不同的账号报很多导师，但最后现场确认的时候只能提交一个账号，就是中间会给你缓冲时间去思考。

刘无敌现场确认的时候选了我们医院血液科一个性格非常温柔人很好的导师，中医血液科比较偏门，报的人不多所以上线率高分数低，我们都觉得很适合她。

万万没想到确认的时候出了问题，那几年临床医学的研究生刚分了类，分成专业型和科学型，专业型研究生就是毕业了做临床医生，科学型研究生顾名思义就是做科学研究的，如果想做临床的话有其他要求，所以选科学型的人很少，毕竟科研是需要天分的。

坑爹的是大概因为刚改革不久，报考网站上默认的研究生都是科研型的，如果想报专业型需要再点选一下，比如中医血液科（专业型）。刘无敌不知道。

她其实不介意考专业型还是科学型，悲剧在于她填报的老师不收科学型。知道这个悲剧的时候刘无敌思考了两秒特别干脆地说，我不报了。

现场确认的研究生处老师懵了，估计是没见过这么洒脱的学生，考研这么大的事儿说不干就不干了。老师人很好，想了想了说一辈子的事儿你慎重点，你看能收科学型研究生的导师有这么多，一个比一个好，你选一个吧。

刘无敌回来说我会做啥科研啊，但她灵光一闪突然想起来网报的时候她填报过一个耳鼻喉科的导师，耳鼻喉科只有一个选项就是专业型，回去一顿翻账号密码，然后交上去了。

那年的研究生考试我们这一届很多人翻车，中医内科报考人数过多复试分数线上涨，血液科隶属于中医内科，刘无敌只比初试分数线高一分，但是她报了耳鼻喉。

成功上线。

真是多一分浪费

14

研究生毕业后我和刘无敌还保持着联系，没事唠个走心的磕。

我说现在朋友特别少，很多都是几年不说话，她说对，突然找我不是结婚就是看病。

我说而且也不爱交新朋友了，她说没错，尤其是有男朋友还没结婚的。

我说你说咱们俩是不是性格有问题，刚敲出去就看她问我：“你说咱们俩是不是太穷了？”

哦。

15

除了走心之外，刘无敌还很擅长扎心。

我们两个也和其他的闺蜜一样，喜欢聊别人的八卦，不过我们并不会羡慕嫉妒别人，我们最羡慕的是豆哥和粽子两只猫。

人类花了万万年爬到了食物链的顶端，然后猫花了几千年驯服了人。

但经过上下班的颠簸之后，我连猫都不想做了，我和她说我很想做一只咸鱼，永远地风干在床上，都不用翻面，一面咸鱼，一面臭鱼。她说哈哈哈哈红红火火恍恍惚惚头一次见到你这么懒的咸鱼。

我说毕竟已经是咸鱼了，谁会介意是咸是臭啊？

她冷静地同意，然后说，我介意肥不肥。

有句话怎么说来着？防火防猫防闺蜜

16

我把写的这一段给刘无敌看，刘无敌非常不满，她说有一个地方必须纠正一下，不是一分，是四分，你又记错了。

我说那三分太浪费了，不写了，一点都没用你觉得不觉得。

她非常忧伤地说那白多考三分了，它正好填补了我的虚荣心，姐姐不是压线的人，姐姐是过线的人。

世界里只有六分从没有六十分的我虽然非常不能理解，但还是为自己草履虫一般的记忆力伤害了她的虚荣心而感到非常抱歉，所以我郑重强调一下，刘无敌以四分之多强势上线。

成功地成为了一名光荣的公费研究生。

强调公费这件事是因为她考上了之后拿补助请我们吃了顿大餐

17

修改完之后我又发给了刘无敌，她对强势上线四个字满意之极，我再三强调我对她的感情。因为朱小豆也对我说她老了这件事非常不满，但被我以“不说你老难道我要说我自己老”为理由驳回。

刘无敌看完朱小豆那几段疯狂地哈哈哈哈哈哈，然后批评了我，认为我没有写出朱小豆的标配，她最喜欢的就是朱小豆宽阔而平坦的胸怀，和象征着智慧的额头。

我说我是真闺蜜，真闺蜜是看不到好朋友的缺点的，你看我也没有写你脑子不好啊，我写的都是能体现出你优点的部分。

刘无敌沉默了一会儿。

说你不提这点，我这个脑子的确没想起来，偶然想起来是有点不好使，但多数情况我也不使用它。

我求了你用用吧快锈了

18

除了朱小豆和刘无敌之外，我的大学生活里还有过一个好朋友。

之所以说是有过，是因为杨杨在我研二的时候过世了。我犹豫了很久要不要写她，我其实是害怕的，害怕回忆害怕怀念。但我又是固执不甘的，我固执地觉得只要我还记得她，就可以当作她还在世界上的某一处像从前那样生活着，只是不同我联系了。

只要我还记得，她就是存在的。

而我将她的故事记录，她就永远存在。

19

我第一次见到杨杨是刚念大一的时候，那个时候我还深深地被自卑和臆想症困扰。她高中同学是我上铺，她过来玩，坐在宿舍窗边和我还有朱小豆打招呼，太阳照着她半边脸和她的背心裙，整个人有一种张扬的好看。

作为一个记性很差的人，我会把她记得这么清楚，大概是因为我当时自己都没有察觉出的对她的羡慕。不仅羡慕她瘦削好看，还羡慕她非常聪明。

她真的聪明。

直到最终都没有让任何人发觉她到了极限。张扬肆意地进入了别人的生活，然后一身潇洒转身离去。

20

真正和杨杨成为朋友，是因为我经常性被上铺指使来指使去，杨杨看不过去了，说她和我在一起从来不敢这么指使我，你是缺朋友吗？你缺朋友我做你朋友。上铺人称不上坏，只是自小的一些事情让她觉得朋友就是拿来利用的，就像她通过杨杨找了个男友，通过我完成了各种她自己懒得做的事，而且嫉妒心比较强。我和她还有朱小豆一开始都在一起玩，后来我和她们分别还都很好，但朱小豆渐渐疏远了她，很久之后我问朱小豆为什么，朱小豆很无奈地说不是我疏远她，是体育课我们一起打网球，我比她打得好她不开心了。

始终在不断弯腰捡球什么都没有发现过的我目瞪口呆。

但这时候我也终于明白一件事，上铺抛弃了杨杨，抛弃了朱小豆和我做朋友，是因为她觉得我什么都不如她，还很好操纵。我在某些事情上优柔寡断，做不了决定，但只要做了决定别的就很容易了。

于是我和上铺绝交了。我曾经拿她当朋友，所以她没时间做的懒得做的事我可以帮她，但既然我不想继续错下去，那也没有必要做虚情假意的所谓朋友。

已经踏过的线就是踏过了，爱情也好友情也罢，过去了就是过去了。

你恋恋不舍回忆。

未来就会抽你耳光。

过了几个月后她发信息给我，我想和她说很多我对这段友谊的感受，最后也全都删了，回复她大概是我们对友谊的定义不同。也没有什么可怨愤，当初我付出的那些是我自己愿意，道不同不相为谋，只是曾经并过肩，现在我要自己走了。

但杨杨说话算话，作为一个老哈尔滨人，她带我吃了很多犄角旮旯里的小吃，知道在哪里能买到便宜好看的头绳。我染了一头绿毛，因为是没有漂直接染上的，头几天一直在掉色，我们挤在她租的房子里睡，颜色掉在她被子上。我第二天就回家了，她电话给我说，虫哥你知道吗，我喜欢裸睡。

现在整个人都绿了。

我们在人潮汹涌的假期去中央大街，从出发堵到结束，堵到哪儿吃到哪儿，一天吃了五顿饭。她用她的聪明帮我分析了很多事，一点点把她为人处事的经验教给我。我现在身上的那一点洒脱，或许全部脱胎于她的影响。

她把她最好的东西留给了我。

然后离开了我。

也不是没有一点点预兆，因为男方家里一直不同意觉得门不当户不对，她和相恋八年的男友分了手。有一天晚上她叫我陪她喝酒，没有说原因，我们两个拿着两瓶颜色特别好看的酒，说几句话灌一口，我说我从前觉得我爸妈不够爱我，甚至想自杀让他们痛苦，让他们后悔没有对我关注多一点，可真的走到了那步才知道，他们是真的爱我，只是性格使然没有达到我的期望，而我也不该在成年以后还把我的期望加诸在他们的身上。她说她妈真的很爱她，爱得她喘不过气，虽然她能理解，她爸从她出生就不管家不管她，虽然是个好人，但不是一个好丈夫好爸爸。她劝过她妈离婚，她妈说至少现在她们还有个地方可以住，她理解她妈对她的期望，可是真的喘不过气。我说我吃了那么多亏终于找到了一个好人，她说她一定要努力要出人头地要让前男友的家人看看。

那时候我也又喝又哭醉了，竟然没有发觉她看似洒脱地提出了分手后，这件事在她一向骄傲的心上扎下了什么样的伤口。她只是对我说虫哥虫哥，我什么都没有，你知道我有今天多不容易，我有的每一点每一滴都是靠我自己，我知道我不是什么好人，可我有什么办法呢，我想要的太多了，我一定要过得好，一定要过得比他好，他会后悔的。

我没有办法劝她不要去争抢，因为拼着命努力着想要过得好、想要一份爱的杨杨实在是神采飞扬。

那次喝了酒之后，杨杨重新投身进了考公务员的行列。在东北做公务员是很体面的，也很适合文学系硕士，只是独木桥太窄人又太挤，杨杨因为想辞了私立学校的教师工作专心备考，和她妈妈产生了分歧，她妈妈也是火爆脾气，当即把她撵出了家，她没有和我讲，同我们另一个朋友在车里看了一夜星空，第二天租了房子出去住。

可笑我当时不知所以还一直劝慰她不要不回家。

我哪里知道她是回不去呢。

考公务员失败了两次之后，杨杨报了一个公务员班，认识了一个小她三岁本科毕业也备考的男孩子。长得浓眉大眼很是讨喜，我第一次和他一起吃饭，是因为我要考试复习得很烦，就跟杨杨诉苦，恰好他们一起上公务员课的女生过生日，杨杨掏钱代表他俩送了瓶酒，顺我一起去吃了顿饭。

我吃得不太好意思，杨杨在酒桌对面冲我眨眼，笑嘻嘻地发来消息叫我使劲吃，她那么贵的酒一定要吃回本。一群年纪还小的男生女生，觥筹交错灯光闪烁，整个世界都带着霭霭的烟火气息，让我忘了我还有试要考。

考完后我如蒙大赦赶紧约了杨杨吃火锅，杨杨带了那个男孩子一起来，我对他观感并不好，或许是年纪小或许是性格使然，全程对杨杨没有一点照顾，只点自己爱吃的。吃完抹抹嘴可能也觉得老吃我俩的不咋好，提议去酒吧，因为他在酒吧有会员卡，会员卡里有钱。

我不喜欢太吵的地方，杨杨看出我腻歪，又不好拒绝，劝我说是文艺酒吧不吵的，想我陪她去，我就去了。去了才知道，这人的酒也不能白喝的，目的是带我俩来帮他写作业。

手写。

× 他二姥姥。

杨杨熟知我的脾气不可能惯着他，在我张口要嘲讽之前说我陪她就行，她帮忙写，我一个学医的写不来影视分析。然后我目瞪口呆看一个二十几岁的大老爷们儿撒娇耍赖，差点在地上打滚，让我给他写一份作业。满脸都是我长得这么帅你忍心不帮我？

× 他仙人板板。

我当然忍心，有了马先生的我，无论长一张什么样的皮相，也不可能入了我的眼。

可杨杨的表情让我把满肚子的脏话都咽了回去，这个少年自负自傲不懂情理，可是他带她回家，他的妈妈他的姥姥将杨杨视如己出。

每个人都有软肋，杨杨一直没有向我隐藏过，而我既然看了，就有义务同她承受。但写了几千字的手写论文之后我还是崩溃了，我内心里觉得他们不会长久，那个男孩子年纪尚轻，他没真的得到过也没有真的失去过，对我们来说满目疮痍的世界，对他来讲是色彩缤纷。

那之后我也忙了起来，很久没再见面，但和杨杨一直保持着联系，她说两个人只是在这段时间互相依靠，不会有什么更多的未来，却又忧心无比地问我男孩子奶奶的高血压病是不是应该全面检查一下。

我们最后一次见面，是因为当初陪伴她在车里坐了一夜的朋友胖子住院，杨杨打电话给我说一起去看望。我不想看到那个男生，但觉得没什么立场，就自己先拎着一箱特仑苏去了，我坐在胖子的床边看着他们空手来，那个男生看到牛奶拆箱就喝。

× 他祖先小牌位。

医院出来杨杨叫我一起去酒吧我拒绝了，在我眼里她身边的这个人和当初的我上铺没什么不同，不坏可招人讨厌，你不知道什么时候他就要撕扯你一把，不见得疼，但犯膈应。我没有立场去干涉，只能站在一旁祈望着杨杨快点从之前失恋的打击里醒过来，用她的聪明好好看清楚旁边的人。

我怎么想得到那是最后一面呢?

直至今日只要看到有关于她的消息，我都会想起那日的我，如果我选择同她一起去呢?命运的轮盘会不会更多地倾向于她，因为我也会用尽全力地拉住她，就像曾经的那个晚上，我的朋友努力地拉住我一样。

可我终究没有。

我自己经历了这样的过程，觉得失去一切，瘫在人生的中间拒绝爬起来，不知道该向谁求助。这个世界人来人往，对于绝望的人来说却是荒原，没人看得见我。我挣扎了出来，却没有拉住她。

明明我是应该懂得她的感受的，只是我的脆弱写在了脸上，她的脆弱在那个酒醉的夜晚才有了丝丝缝隙流露，可她说她好了，我居然信了。

在那天晚上，杨杨从他们出租屋的窗子跳了下来。

我是在新闻里知道的。胖子打电话给他们两个都没有人接，打给我问我和他们有没有联系，会不会出事，我笑说怎么可能呢，杨杨那样的女孩子，只有她让别人出事，她怎么会出事呢?

是啊，怎么会呢?

胖子发新闻给我的时候我还不敢相信，虽然年龄住址学校学历一切都和他们那么像，新闻说合租的室友听到他们吵了一晚。我想起两天前她在酒吧发给我的微信，说一直喜欢那个男生的邻居妹妹也来了。她说我这生活真热闹，都是戏。

我手忙脚乱地打给她妈妈，那个一向严肃要强的女人知道了我是谁之后，突然爆发出一阵压抑的哭声，说虫啊，杨杨没了，你有时间来看看她吧，最后一次了。我梦游一样挂了电话，坐在床脚打给胖子，我说怎么可能呢，怎么可能呢，怎么可能呢？

急性胰腺炎还住在医院走廊上的胖子拔了针管开车载我去了她家，遇见了杨杨相恋八年的前男友，我终于拼凑出了整个故事，那个或许是唯一一次我看到了真正的杨杨的酒醉夜晚，是杨杨打了电话过去，接电话的人是家里给前男友介绍的相亲女生。

我满腹怨愤心疼不甘和恨意，却茫然而不知向谁发泄，该怪谁呢，能怪谁呢，我凭什么呢，有什么立场呢，我也在忙着自己的生活，打理刚来到哈尔滨的马先生和我组成的小家，没有过多关心她是不是已经到了极限。

她自己选择了结果，戏未终场，可她不想演了。

前男友一手操办了她的后事，哀哀地说杨杨是个好姑娘，他真的后悔了。

可那又怎么样，他后悔了，他难过了，他的余生想起这个曾陪伴他八年的女孩子可能都会自责，但没有了就是没有了。我同他一起把她的骨灰伴着菊花和春风撒入了松花江，他的手还有温度。

她没有了。

我们浑浑噩噩地撒完骨灰，那个眼看她推开窗子纵身一跃的人也没出现。就像一条跗骨之蛆，吸干血肉吃得盆干碗净后，还要一把砸碎。让我明白，自私自利的人永远不会介意你付出了什么，他只在乎他得到了什么，他的世界里不会有歉疚和恐惧。

对这种人的每一点付出，都是在滋润一片恶土。

从此我很少再去松花江了，尤其是亲手洒下杨杨骨灰的下游，一次都没有再去过。而杨杨的妈妈每天都去，当年的元旦我去过一次她家，她妈妈拉着我反反复复地问，她都和我说过什么，她为什么要这样，她怎么忍心。

我回答不出来。

甚至不敢哭。

我见过许多人的故去，见过许多的生离死别，见过遗憾，见过痛悔，见过生命挣扎求存自然法则却不肯给予一分怜悯，医院里从不缺少熙熙攘攘的生命来去，可最痛苦的从来都不是死去的人，在心电图拉成长线的那一秒，这个世界再也不能带给他们分毫困扰，生死真实地变成了同他无关的事，只是还活着的人要如何活下去？

时至今日想起杨杨妈妈拉着我询问的神色，没有痛哭也没有歇斯底里，她所有的眼泪似乎都在杨杨出殡的那一天流干了，她生活的钟表仿佛也在杨杨离开的那一天停摆，早上坐公交到松花江边坐一天，晚上回到家拿着杨杨的手机杨杨的 iPad，翻看杨杨生前所有的聊天记录，没看完的电视剧，继续玩儿杨杨一直玩儿的游戏。

我是懦弱的，懦弱到连再次踏入她家门的勇气都没有。离开哈尔滨的时候在她家小区外站了很久。

若这世界真为绝望刻画出一幅图景，我想大概如是。我旁观一眼，只觉让人对死亡彻底有了畏惧，我甚至仿佛在她的身上看到我妈妈的影子。

想起曾经的自己，冷汗涔涔。

直到离去，杨杨还教了我一件对于一个医生最重要的事，就是对于生命的敬畏。

人有放弃自己生命的权利，有时候我也羡慕杨杨的勇气，她是真的把她的骄傲视若生命，洒脱到连谢幕都不屑。但是，但是。生而为人，一生之中会有许多不得不抵抗负面情绪的时候，那些无助和绝望都是真实的，可能不能多支撑一会儿呢？

别把真正爱你的那个人，孤独地留在这世界上。

21

我没办法把我笔下的杨杨给她看了。

她大概不会满意吧。

我写不出她万分之一的好。

第十一章

婚姻是座坟 埋着死贱人

WO KE NENG JIE LE GE JIA HUN

1

马先生交朋友和我不一样，他不是很容易和谁变得关系很好的类型，但是和他关系好的人都很喜欢他，他从哈尔滨分公司调到杭州分公司之后，原来的同事也经常联系。

有一天马先生洗碗的时候他 QQ 响了，我一看是我也认识的他哈尔滨同事，问他在这边是不是老爽了，我说还行吧，姑娘没有黑土地好看，也没人一起大保健了。

他同事说我啥时候跟你去大保健了？我没接话，他说自己又辞职了要回家考公务员；我说来杭州吧，继续一起大保健，他说等考完。

我说你们果然一起去过大保健。那哥们儿懵了说你说啥呢？

我说不然你为什么没有否认继续这个词？说明以前去

过！

那哥们儿反应也是很快了，他说嫂子都是小马哥带我们去的你快让他跪搓衣板。

什么叫兄弟，就是你有女人我就插你两刀

2

说起兄弟插刀这个事儿就不得不提起马先生的酒量，这两件事看似没啥关系，但又好像很有些联系。

从我认识马先生开始，他就对喝酒这件事特别不屑一顾，我一直以为是因为我们两个的开端就跟我喝多了有关，再就是挺长一段时间我都误会他是个很有风度不喜欢喝醉失控的男人。

在一起很久了之后才发现并不是。

风度不是，喝酒也不是。

作为一个山东汉子，他年轻的时候也是很能喝的。现在之所以不喝，是因为从前喝伤了，原因是被喜欢的女生拒绝，他发小陪他喝的。

他回国第一年在家里过春节又喝了一顿酒，就是在他这个发小家，饭是从前喜欢的那个女生做的，酒是他们两个的孩子倒的。

这说明马先生风度还是有的，要我我就喝不下去哈哈哈哈哈

3

我把我们两个的日常发在了微博上，有人很奇怪地问过我，和马先生这样每天怼来怼去不会生气吗？我必须解释一下，我们两个不是一直这样的，他最初对我也是很温柔很深情很有风度，和所有热恋的情侣一样没羞没臊没皮没脸，直到有一天他看了电视学人问我爱他什么，我一拍大腿说我tm也纳闷儿呢，那你爱我什么啊？

马先生特别深情地说，我爱你肥而不腻。

爱总是开始得很美丽结束得没道理

4

就像围绕在两个人身上，让对方看起来发光，却也间隔住彼此的彩色泡泡突然破裂，我们发现并且迅速接受了真实的对方，开始了你来我往刀光剑影的生活，不是没有生过气，而是不会为这种事情生气，因为彼此了解，所以知道对方的话是在开玩笑还是在伤人心。我不会把他的玩笑话放在心上，反而觉得能够追上对方的思路很有意思。

就算他再怼我胖又能怎么样呢？

自己养的猪，含着泪也要喂下去。

在一起的时间越长，越觉得有一个有趣的伴侣非常幸运，踏入社会之后我们很容易觉得生活千篇一律，容易失去目标，不知道自己为何而忙碌，物质可以变得丰裕，然而精神一旦干涸就很难再去填得满。那些所谓的“嫌弃”“互怼”，我们都了解对方不是真的在抱怨或者埋怨什么，只是一种调剂，毕竟是只有我们彼此才看得到的对方的样子。在他面前我会蓬头垢面会堆成一团会特别懒惰会因为胖而自卑，而马先生可以非常幼稚，蹲在地铁边不许我把他翘起的头发理平，告诉我那是他的能量呆毛。而且脱衬衫的时候不解扣子，穿的时候从头上套，用海带啊海带的方式扭进去。不想去洗澡躲在被子里，我不耐烦了叫他赶紧去，他会一动不动严肃异常地说，我被镇压了老婆，快把我的符揭下来，直到我一把掀开被子把他暴露在南方的冬天里，世界才会清净起来。

是啊，仔细数一数他好像有很多缺点。

可我爱你。

所以你贱起来我也觉得很可爱。

5

是的，马先生真的很贱。

还住在我老师房子里的时候，进门有个柜子可以放包，我经常把充电器放在包里忘记拿进来，然后快睡觉的时候发现充电器还在包里，就诚恳地推推马先生：“亲爱的，帮我把充电器拿过来好不？”

马先生也非常诚恳：“不好。”

“帮我拿过来吧大哥，我什么都愿意做。”

马先生沉默了一下，突然笑得很诡异："真的？"

我大义凛然："绝对真。"

一分钟后马先生把充电器往我脸上一扔然后说："来，再放回包里去。"

6

拜托马先生帮忙拿东西真的不是一件容易的事，有一次吃完饭我要洗头发，让他给我拿挂在另一边的毛巾，他坐在桌子边看电视堵了路。

他不理我。

我说老公毛巾递我一个。

还是不理我。

我说赶紧的毛巾给我。他慢悠悠地看我一眼，说自己拿。

我捧着心说老公你怎么这样？你为什么这么对我？马先生又看了我一眼，拿过毛巾，说吃饱撑的。

看着桌子上的空碗，我 tmd 无言以对

7

也还是那段比较清闲的时间，我和同学打电话，说起来无所事事的感受，她说她在寝室待得好烦，我说我待得好爽，让我这么待一年我都能待得很开心，天啊原来我是被包养的命……

同学还没说什么，打游戏的马先生淡淡地说，可你没长被包养的脸。

用得着你来当弹幕？

8

我还有一群很欠的损友，就是马先生过生日出主意让我做饭的那一群。因为和马先生恋情一直很稳定，他们都拒绝把我当女生看，对我非常不善良，我一个新鲜得都能捏出水的少女，被他们说成是已婚少妇。

我心酸地和马先生说，就因为你，影响了我多少行情？他看都没看我一眼说，什么行情？十八块五一斤？

好了分财产吧

9

我们两个的财产还是很好分的，房子是婚后写的我们两个的名字，不过首付都是马先生出的，因为我妈当时对我和马先生结婚这件事不太满意。我之前说过她对我有一种非常盲目的自信，觉得我找什么样的找不到。我也没办法跟她讲这个人到底有多好，马先生哄丈母娘，买房子之前就带着我领了结婚证。

买完房子之后我就开始攒泡泡纸，马先生收得很烦就问我攒这玩意儿干吗，我说搬家的时候包易碎的东西，毕竟一个在外读了十五年书的人对于搬东西真的有心得，然后我就一脸沧桑地说："这就是没有安全感，随时都觉得自己得走。"然后马先生抬头看了我一眼，没停手，淡定地说："放心吧，离婚了房子给你。"

劳资真是谢谢你哦

10

我们准备买房子的时候赶上杭州开完 G20 房价大涨，越看越绝望。

有一次马先生和他女性朋友聊天，聊完了非常心酸地跟我讲，她家房子 50 万，使用面积 120 平，还送地下室和车位。他特别伤心地说，我也好想要 100 平的房子。我抓着他的手说老公有一天会有的，我会实现你这个梦想的。马先生甩开我说这不算梦想，我的梦想是好吃懒做混吃等死。我沉默了一会，真诚地对他说，好巧，我也是……

有时候三观太合也不太好

11

两个人在一起久了，三观这种东西是会传染的，比如说原本对钱没什么概念的我，被金牛座马先生渐渐熏陶出了对金钱的热爱。

晚上他翻电影看，翻到一个电影名字叫《世界上的另一个我》，就问我，如果有另一个我，你会选谁？

我："哪个有钱？"

马先生："那一个。"

我非常果断："那个，反正都一样不是吗？"

马先生："对，我们杀了他，我上位。"

我用看傻 × 的眼神看他一会儿缓缓地说："用得着吗，我踹了你跟他不就得了？"

马先生："人家看不上你。"

我："跟你完全一样，比你有钱就看不上我了，也就是你现在找我是因为没钱？"

马先生："……嗯。"

我："你知道世界上可以没有你吗？"

12

我们住的地方有一个巨大的福彩站，非常气派非常大，马先生偶尔下班就会溜达进去随机买一张彩票。某天睡觉之前他突然想起来还有一张彩票没有兑奖，特别认真地跟我说，你先睡吧，明早起来要是枕头边没有我了，说明我中奖了。

我今晚枕头边也可以没你

原来世界上的另一个马先生是中了彩票的马先生

13

因为马先生太贱了，吃亏吃多了，我莫名有了不随便相信他的本能。

第一次发现是我发呆卡文，他递我嘴边的东西，我居然没有下意识吃掉。反应过来之后觉得有点内疚，我怎么能不相信他呢?

然后一抬头，发现他给我的是猫维生素片。

我会试着放下往事，忘了过去有多美，不盼缘尽仍留慈悲，虽然我曾经这样以为

14

发生了那件事之后我对马先生更警惕了，所以他叼着小麻花让我吃的时候，我说我刷完牙了。

这货委屈巴巴黯然神伤地质问，你是不是不爱我了？是不是嫌弃我了？我说我真刷完牙了啊，然后看他特别失落的样子，我就伸头过去心说吃一口吧。果然我还没碰到小麻花，他就转身下床了。

我不怨天，不怨地，只怨我自己，明知道他多贱，还tm 每次都上当

15

冬天来了之后我们两个买了一张横跨整张床的桌子，可以推来推去的那一种，之后下班的日常就是堆在被子里，我刷微博，他打游戏。看到别人博主发微博问网恋过吗，我回复说恋过，六年，结婚了，在我旁边。

想起以前的日子，自己把自己感动得够呛，觉得现在真好啊。

然后马先生突然凑过来，我还沉浸在自己的心情里，随便亲了一下，就看一颗果核从他嘴里掉了出来。

……

16

床上桌的键盘架在正中间，所以马先生打游戏我只能窝在床边，他每天都要对我说的一句话就是，往那边点呗。

我每次都瞪他，他就会很讨好地说，一点就行。

我："呵呵，反正你又不希望我在你身边。"

马先生非常浮夸地抓住我的手喊："怎么会呢！你在我的这里啊！"然后把我的手按在了脾的位置。

也是难为他避开了那么大的胃

17

我怀疑他可能真的是把我放在脾里的，从地铁出来，我在看手机，他特别烦我走路玩手机不看路，我说我拉着你就可以了，你不会看路吗？而且我看得到好吗？

然后我实力证明我真的看得到。

在他拉我走进男厕所的前一秒给了他一巴掌。

婚姻是座坟，埋着死贱人

18

因为冷，我们两个非必要是不出门的，但每个星期总要去一趟旁边的超市，把一个星期的各种必需品都买回来，所以每次拎的东西很多，然后前面帮女朋友开门的男生，很好心地帮我们推着门，我诚恳地感谢了他，之后一直转头看他漂亮的女朋友。

马先生 :“是不是羡慕他女朋友的腿特别细。”

我非常失落地说对啊。

他用空的那只手摸摸我的头，我以为他要安慰我，就听他非常得意地说 :“你看我一下就知道你在想什么。”

……

大哥你要想秀恩爱你就 tm 拿好剧本，要不你就痛痛快快地嘲讽我，别给我希望不行吗?

19

走到半路我看到了一只花色和豆哥一模一样的流浪猫跑过去，我叫马先生看，他没看到，说你眼神真好，那么黑还看得清毛色。

我说我眼神好不好分看啥。

他说嗯，要不怎么能看中我呢。

我说看中你的时候我眼神真不咋好。

他瞅瞅我，说嗯，瞎了你的狗眼是吗。

我还能打爆你的狗头

20

除了贱之外，金牛座马先生还非常的不解风情。

他几乎不过任何节日，坚定地认为所有需要送礼物的节日都是商家关于 GDP 的一个谎言。在他眼里，礼物一定要用得上才算是礼物，用不上的都是骗钱。

感情可以骗，钱不行。

如果是我坚持一定让他上当的话，那也可以有某种程度上的妥协。作为一个非常普通且庸俗的女孩子，我有着女人对爱情的正常梦想，比如收到一大束花，然后一脸无奈但是雄赳赳气昂昂地抱回宿舍。

马先生非常尊重我的梦想。

我们在一起之后我第一次过生日，马先生还没有回国，为了哄我高兴，在马爸爸网上给我买了一朵镀金玫瑰，99.99纯带证儿的那种。还非常得意地跟我说，你看这个花就败不了。

可你爱情的小花会败你知道吗

21

我后来就不过节日了。

一个是我在情人节圣诞节新年之类的节日一般没有什么购物欲，我最有购物欲的是清明节。会有一种既然有钱就赶紧花掉，不然死了的话，不肖子孙只会拿着我的钱 10 块换成几万亿糊弄我的紧迫感。

另一个是因为镀金玫瑰只是钢铸的直男马先生送礼长河中的一朵小浪花。

刚认识的时候我俩天天一起打游戏，那年哈尔滨的夏天特别热，我游戏品又不太好，整个人经常烦躁得像一座火焰山，并且永不熄灭。我脾气非常差这件事我不说大家也看得出了，而他稳定的性格是我们能走到结婚的直接原因。我爸觉得我这个暴脾气他都能忍不是真爱就是人才。

那年夏天马先生无故被我骂了两顿之后，送了我一个可以夹在床上的小风扇，此后我再因为输了游戏说烦死了热死了好生气的时候——

他就说，开风扇。

一劳永逸。

后来他为了见我回国，虽然上学时候很穷，可我还是花了很长时间精心准备礼物。买了布和纸样，打算亲手裁剪缝制一套睡衣送给他。我身边所有男生中，只有前男友诡异地和他身材差不多，觍着脸去拜托他量尺码给我。前男友大概觉得我可算是栽了能放过他了，这忙帮得痛快无比。

我把睡衣放在一个大礼盒里，上面又放上一个小礼盒，里面装着从知道他要回来看我的时候开始写的，一共一百天的恋爱日记。又套了一个更小的礼盒，装了一个火机。作为一个能用钱解决就不愿意费心的人，这几个盒子装的不仅是礼物，还有我二十几年的少女心。

他下飞机是半夜，盒子我提前放在了宾馆里。马先生打开了大礼盒，看见一堆布愣了一下，放一边了。打开中礼盒，看见一个日记本，翻一页皱了下眉头放一边了。打开小礼盒看见了火机，拿起来看了下认真地对我说。

我戒烟了，你送你爸吧。

呵呵。

不知道大家还记得不记得背景，背景是我们网恋一年第一次见面。

送你爸吧。

你爸吧。

爸吧。

吧。

想起我爸你不心虚哦？

我爸会把五年多来你抽过的烟绑在你身上再栓个螺旋二踢脚让你七百二十度滚上天呢。

还有我二十年的老少女心。

都请上天好吗？

然后他拿出了他的礼物，一条项链，绿坠子，草绿色。真感激他清楚地记得我喜欢绿色。

悲伤的不是这个项链长得很像楼下两元店打折买的，而是它不是。后来给他理包看到发票的我眼泪掉下来。我要怎么承认这个人的审美有问题呢？

后来有一次在我姐家，我姐给我看我姐夫去香港出差给她买回来的一条灰绿色新款 Burberry 围巾，我晒在微博上让网友们猜多少钱，得到了十块到三十五不等的答案。

要说我姐夫也是大写的直男了，拥有的成就就是从来买不到我姐看得上的礼物，包括但不限于类似八心八箭的钻石项链，买菜可用的 Gucci、Coach 包包。我和我姐相对无言泪千行的时候，就听马先生在旁边默默地和我姐夫说，挺好看啊，我觉得很好啊。

……

我姐看我一眼叹了一口气，说你们两个人一辈子的审美巅峰也就是我俩了。

对没错姐你说得都对！

22

他自己送礼物的眼光不怎么样，但对我送的礼物非常挑剔。

写过了那一次百天日记之后，我开始坚持记日记，异国恋的三年多写了七八本。

不过不是天天坚持，经常十几天过去了，翻我们两个的聊天记录想我那天都干了什么然后补记。

大概就是今天打了一天游戏，今天又打了一天游戏，今天和朱小豆去吃什么了，今天和刘无敌去吃什么了，今天和朱小豆还有刘无敌大家一起去唱歌了，我唱了什么歌刘无敌唱了什么歌，朱小豆还是只会唱王力宏和萧敬腾，一些鸡毛蒜皮的小事，以及等他回来想要一起做的事一起吃的东西全都零零碎碎地写着。

只有考研的那半年记得非常仔细，吃喝拉撒睡都在上面。

我拍过几页给马先生，马先生过了很久才回复我，邀功地说他好多字看不懂，但硬是靠着对我的了解全都猜出来了。我想揍他，但苦于够不到。

他回国之后我献宝一样地把所有日记本都拿给他看，马先生眼睛都直了，不是感动的，是吓的，怕我逼他看。百天日记我送他当了礼物，当时还是热恋谁也没好意思说什么，后来我问他看没看，他直言不讳地说字真的太丑太难辨认了。

我肯定是骂了他，具体多狠已经记不清了，反正到现在马先生都不怎么看我手写的东西。

最后毕业了我收东西，看见那几本日记，自己翻了一下，字真的很丑。又想一想如果有一天我死了我儿子看到这些东西会怎么样。

然后我撕了半宿，

累蒙了。

23

想想以后我孩子可能也会看到这本书。

不想写了，想拖稿拖到天荒地老。

24

不行啊。

编辑知道我家地址。

25

我在微博上写了我撕日记本的事，很多人觉得很可惜。

从前我也不舍得，有仓鼠病，就是啥啥都不舍得扔，全都攒着，高中的纸条手写的小说破大头贴烂海报，大学买了不合适的衣服没看过的书前男友的聊天记录打游戏的截图，好像不没事翻翻就总容易连自己也找不见，我以为我是念旧。

直到毕业才知道，只是太年轻，没搬过家。

毕业我丢了许多零碎的东西，除了日记本还有我和马先生的情侣照。我俩刚在一起的时候网络上很流行那种一定要和你爱的人做多少件事，例如和男朋友拍情侣照穿情侣装坐摩天轮等等。当时还有少女心的我一一和马先生说过，马先生就记得了，快回国的时候叫我预约了情侣照，见面第二天就去拍，但因为我挑照相馆的要求是一定要 P 得好……所以取片的间隔时间非常长，他都回去了。

照相馆送了很多相框，还有大的玻璃的那种可以挂在墙上的，我费老大劲坐公交车抱回来了，马先生下班说视频给他看看，然后我把大玻璃抱过来放床上又去拿别的，结果忘了直接坐了上去……

碎了一个角。

我哇地就哭了，视频那边的马先生吓一跳问我怎么了，我说一屁股坐碎了，最大的那个，他憋着笑说没扎到你吧？哄着我一点点找床上有没有碎片。

因为就碎了一个角扔又舍不得，挂也不好看，就一直装着跟我搬来搬去四五年，毕业的时候不好邮寄，我俩狠狠心连踢带踹加火燎地弄碎扔了。马先生是比较细心的那种人，怕打扫阿姨不小心伤了手，把所有碎片装在了一个袋子单独放在了角落里。

我也觉得那些回忆都很美好，全丢了之后倒也没什么特别的感觉，大概是因为和这个人在一起。

他始终给了我明天会更幸福的底气。

26

我这种始终想要依赖别人的性格大概跟我胆子小有直接关系。我的胆子真的小，睡觉不分四季必须让马先生搂着我，而且要抓他的手。

晚上下雨，外面的电动车们被雨打得哇哇叫，睡不着我就问他，老公，咱们老了你也会搂着我睡吗？

他说会。

我说那如果我 200 斤了呢？

他看看我，说那就换个床吧，实心的。

……

你咋不让我睡树桩子呢

27

朱小豆和我说晚上冷，嫌她老公胖被子撑起来两人中间有洞。我突然想起来我不冷是因为睡觉紧紧扒着马先生，可第二天早上我俩从来都是一人一边啊。就非常小人之心地觉得肯定是他嫌我压得慌把我扒拉走了，我就问他。

马先生听完我的问题特别生气，他说你还要脸吗，你每次睡着了就自己滚回去，滚回去就算了你知道你卷走多少被子我冻醒过多少回吗？

我……我不知道啊

28

马先生最近防我跟防贼一样。

能抓住我的手绝不让我把手伸到他衣服里。

什么情啊爱啊，一场倒春寒，全都消失殆尽！

29

马先生说在微博上看了一个让脚快速变暖的方法。

背对着我，双腿弯曲试图把脚放在我腓肠肌。

结果刚碰到就听到一声卧槽，老婆老婆我腿抽筋了腿抽筋了快帮帮我卧槽卧槽。

？？？？

哈哈哈哈哈哈哈哈哈哈哈哈哈！

#善恶终有报呀你看苍天饶过谁#

30

爱情是非常脆弱的。

是不可以用温度来考验的。

更不能用吃的。

既然你的老婆从来没有问过你，我和你妈掉水里你先救哪一个。

那么也请不要问你老婆，有人拿三盒鸡米花跟你换我你换不换，这种非常拷问人性的问题。

你不知道婚姻有多脆弱，比爱情还脆弱

31

马先生这个人可能是有病。

吃薯条跟我干杯，然后把我薯条上的番茄酱都尼玛蹭走了。

再也不能愉快地一起长胖了

何况只有我在胖

32

吃完饭我要喝益生菌。

马先生伸手过来帮我拧瓶盖，挺使劲地拧了两下给我了，我看没拧开也没在意，又拧了下打开就喝了。

然后看马先生有点惊讶地看我一眼，紧接着非常懊恼地说：“居然没拧紧，这个盖子不行……”

这个老公也 tm 不行

33

这个老公偶尔也行。

我们两个一直用的雨伞都是我老师在哈尔滨送我的，两人打有点小，我就会把手放在他另一边的腰带上，马先生：“裤子都被你拽掉了。”我说那我手没地方放。

他突然松开揽着我的手，说想让我牵你，叫两声不就得了？

我刚想日常骂他不要脸，他突然低头看我，汪汪。

34

婚后的第一个元旦和第一个春节我们都没有回家。元旦那天和马先生一起被跨床桌封印在被子里靠着对方看跨年。主持人举瓶说不要吝啬，对你身边的人说……

马先生转头说，我爱你。

电视里传出来，谢谢。二十秒的尴尬，马先生说谢谢我要等你坟头草老高的时候，在你坟前哭着再说。

五十秒的尴尬。

我说为啥我坟头草都老高了你还活着？马先生半口气噎住不理我了。

但其实这是我曾说过的。

我对他说如果我病入膏肓了别抢救我，也别让我苟延残喘，你一定也要比我活得久，别让我送你走。

我受不了。

被陪伴过被珍惜过，才知道自己曾经是孤独的。也才明白孤独是难以忍受的。

这么多年有你真是太好了。

以后的每一年也能有你真是太好了。

哎，我去，豆哥别挤了，还有你行了吧

35

新的一年我发现马先生又瘦了。

很心疼。

在一起这么多年，我的心愿从来都没有变过。

一直祈祷老天能分我的 20 斤肉给他。

30 斤也可以。

但今年，不一样了。

我希望可以分 40 斤给他。

36

我搬家了。

编辑找不到了。

不写了哈哈哈哈哈哈哈哈哈哈哈哈哈。

大家江湖再见！

尾声

WO KE NENG JIE LE GE JIA HUN

从飞飞（已经找不到我家了的编辑美女）联系我说想把我的微博段子结集出版之后，我就陷入了莫大的恐慌。作为一个喜欢写玛丽苏小说也只写玛丽苏小说的扑街作者，我一直把出书这件事看得非常神圣。

就算是笑话大全。

写在纸页上的笑话大全也是神圣的笑话大全。

我又很虚荣地想看自己写的东西印在有墨香的纸上，又非常焦虑地为飞飞担忧，怕我的书卖不出去连累她。直到有一天我很开心地跟她说，我问了我一个做出版的朋友，她让我放心，出版社不会赔钱的！书商才会！

飞飞沉默了很久，对我说，虫二，我们是书商。

哦。

马先生知道我心一横签了合同之后比我还忧虑，说你又签，之前那个让你每年必须写一部（某文学网站）你写出来了吗？这个写不出怎么办，要赔钱的吗？

我说要。

他差点撅过去。

我说既然需要赔钱那我肯定会写完的。

然后每周他都帮飞飞催我的稿子。

所以我一直都没有告诉他这本书究竟是关于什么的，不然他大概会一天骂我八百次帮我攒素材吧。

为了好好写这本书，我看了许多差不多类型的小说，大概是看多了别人的青春，也想了太多自己的从前，我开始一夜一夜地做梦。

起初不知梦到什么，吓得醒过来，天还黑马先生还在，搂住他很快睡着。

然后梦到许多往事。我因为幼年时期想要被重视始终不得，少女时期性格扭曲逢迎，对朋友两字认识浅薄，自以为用心经营，实际只有一场热闹。

梦里次第出现，27岁的我依旧手足无措。

我很想说我已经不像从前了，我想要的我都得到了，可每当有一个熟悉的名字在梦里出现，喜欢的讨厌的，还是会不自觉地跟上去，即便他们似乎看不到我，抑或不在乎我。

我跌回了17岁的智商和情商，只要你看看我，只要你陪陪我，我可以是任何讨人喜欢的我。

天光大亮陡然惊醒，缓和很久没办法从那种情绪中脱离开来，然后听到猫叫，豆哥趴在被子上歪头，钻进来不住舔我想要我躺暖的那一块。

我摸着它，那些屏障和盔甲一点一点地回到身上。马先生已经出门很久，枕头上也没有什么他的气息，只有豆哥被添满的食盆水盆，铲过扫平的猫砂，凳子上的睡衣，放回床脚的垃圾桶。

我终于安下心来。

我曾提过少年遭遇，有人劝慰说若非如此你就不见得认识他，我斩钉截铁说该遇见的人总会遇见，不知信心来自哪里。

大概是始终认为自然法则对人还有怜悯，总要给生性软弱的人一丝光亮，而我一定抓得住。

谨以此书献给我的马先生。

虫马相声

虫二马先生答读者问

WO KE NENG JIE LE GE JIA HUN

1. 各自说说觉得能跟这个人在一起太幸运了的瞬间。

虫二： 看着题目皱眉思索半晌，丢开电脑说想不出，马先生靠在旁边看iPad，说不就是每天回家看到我的时候吗？——并不是，请不要自作多情谢谢。

在一起第一年还异国的时候，我的脾气就已经显而易见的差了，马先生有时候说的话我不爱听就会爆炸，但我知道是自己的问题，所以就跟他说这种情况下就不要管我，转移下注意力过会我就忘了，有一次不记得因为什么我又发火了不理他，他就一直一直哄我，被我骂了很久，骂到最后我都不知道说什么了，就耍赖说我不爽的时候就是这样无差别攻击，我控制不了，你转移我注意力就好了。

他说我知道，不是不想转移你注意力，是这样不好，总是这样你会感觉很委屈的，什么事情都要转移你注意力，以后回想起来你会不舒服的是不是，好了不要闹了睡觉吧。

大概就这么一番话吧，还挺普通的，不过因为他不是那种很会讲好听话的人，所以当时听了就觉得我为什么那么好命遇到这样一个人。

马先生： 有一次我下班回家，开门发现满屋子都是烟，第一反应是卧槽我家着火了我老婆呢，冲进去发现厨房有个人影，才知道这家伙居然在做饭。没记错的话那应该是她第一次做饭，可也没必要搞得像升仙一样吧？吃饭的时候才知道那天我过生日，怪不得一直打电话问我几点能到家。虽然做得一般……唉真的非常一般。

2.印象里对方最美/帅的瞬间。

马先生：化妆前后，简直是换了个老婆。

虫二：做饭洗衣服擦地，做家务的时候帅炸苍穹。

3.想问马先生，你眼中的虫二是什么样子。

马先生：得到她认可的朋友，她是真的会对你特别好的那种人，然后就是偏执又固执。但在我眼中还是最好的。

4.我想问马先生，虫二做过最让你生气的事是什么？

马先生：买了一大堆没有任何用处的东西，现在也还在买。

5.会冷战吗你们，要是会的话最后都是怎么解决问题的呢？

虫二：这个我答吧，他答肯定会骂我。异地恋的时候经常冷战，也不能说冷战吧，就是网恋都这样嘛，不回复就冷了。我们两个那时候通常只有晚上有时间聊天，吵起来的话我是不讲理的，他实在烦了就说睡觉。我自己就特别生气觉得是在冷战了，然后就会脑补说我不理他他肯定也不会理我，我们就这么分手了，我一定会非常痛苦，首先要把他送我的东西都寄还给小马先生，毕竟邮费便宜点，我要去找一个他找不到我的地方疗伤啊之类的，自己在脑内剧场演一出苦情大戏。一般来说第二天中午他就会给我打电话了，装作什么事都没有发生的样子。我想一想这么点破事也不能真分手了，给个台阶也就下来了。

6.你们谈恋爱的时候分过手吗?

虫二： 没有，成年人要有对自己行为负责的能力，有本事说分就要有本事分干净，我俩都没什么本事。但我们有许多次想掐死对方的冲动。

7.让马先生讲一个你俩的小故事，就像你讲他的那种.

马先生： 我不擅长。不过第一次见面的时候有一晚我发烧了，后半夜就觉得冷到发抖，她居然在后面抱着我哭了哈哈哈哈哈哈哈哈。

8.想请教一下怎么熬过异地恋。男票开始工作了，我还在学校，感觉两个人的生活越来越不同了。

虫二：我俩前期一直是这个状态，觉得两个人都要对对方讲述的事有耐性，不要上班的觉得在学校的事情都不算事，上学的觉得你们工作的事情无聊不想听。再就是所有异地恋我觉得都应该明白的，就是不要把自己无能为力的情绪发泄到对方的身上，想撑过异地恋的人首先就要自己能照顾得了自己，撒娇可以，但不要把太多期望压给对方，无能为力感能摧毁一个人何况一段感情。

马先生：坚持，沟通。沟通真的很重要。哎呀这样太装逼了哈哈哈哈哈。异地恋相对每天在一起的人也有好处，就是有更多的机会去心平气和地用语言交流，其实我是比较宅的人，每天除了上班就是在家玩游戏，有比较多时间和她沟通，吃喝拉撒鸡毛蒜皮，不用去猜太多有的没的，谈恋爱就不要让对方没完没了地去猜。

9.是如何确定下来就是要和这个人过一辈子的？

虫二：他非要等我，等了那么久，不嫁说不过去。

马先生：主要是她跪着求我让我陪她度过一生。

WO KE NENG JIE LE GE JIA HUN
我可能结了个假婚

作者
虫二姑娘

总策划
朱家君

选题策划
马 飞

执行策划
马 飞

流程校对
许斐然

插图绘画
蟹阿金

封面设计
李 婕

宣传营销
郭海洋

运营发行
常蓦尘

出版社
长江出版社

总出品
漫娱文化

平台支持
小说馆 脑洞W

图书在版编目（CIP）数据

我可能结了个假婚 / 虫二姑娘 著.
—武汉：长江出版社，2017.6
ISBN 978-7-5492-5157-5
Ⅰ. ①我… Ⅱ. ①虫… Ⅲ. ①故事－作品集－中国－当代 Ⅳ. ① I247.81
中国版本图书馆 CIP 数据核字（2017）第 119601 号

我可能结了个假婚 / 虫二姑娘 著

出　版	长江出版社 （武汉市解放大道 1863 号　邮政编码：430010）
出　品	漫娱文化 （湖北省武汉市积玉桥万达写字楼 11 号楼 19 层　邮政编码：430060）
出 版 人	赵　冕
选题策划	漫娱文化图书
市场发行	长江出版社发行部
网　址	http://www.cjpress.com.cn
责任编辑	张艳艳
特约编辑	马　飞
装帧设计	Yvonne
印　刷	深圳市精彩印联合印务有限公司
版　次	2017 年 6 月第 1 版
印　次	2017 年 6 月第 1 次印刷
开　本	880mm × 1230mm　1 / 32
印　张	8
字　数	156 千字
书　号	ISBN 978-7-5492-5157-5
定　价	39.80 元（精装）

电话：027-82926557(总编室）027-82926806（市场营销部）